新米ベルガールの事件録
～チェックインは謎のにおい～

岡 崎 琢 磨

幻冬舎文庫

新米ベルガールの事件録

チェックインは
謎のにおい

GRAND PACIFIC HOTEL

CONTENTS

序幕

――二〇××年、四月一日。

とあるホテルの、パーティーなどに使われるホールにて、入社式が執りおこなわれていた。

「……えー、であるからして新入社員諸君には、お客さまは神様であるということを念頭に置き、サービスの向上に努め、利用客の増加と今後の当ホテルの繁栄に貢献してもらいたく……」

正面の壇上では偉そうな――いかにも偉いっぽい、という意味である――おじさんが眠気を誘う口調で語り、十人にも満たない新入社員がそれを、式のために並べられた椅子に座って聞いている。

外部の企業が会場にホテルを利用しているというようなケースではなく、このホテル自体の入社式である。三百近い客室を備え、しかも例年そこそこの離職者が出るホテルのわりには、新入社員の数はあまりに少なく、広々としたホールの端っこだけを使っておこなわれる入社式は、寒々しくていっそコントのようだ。その模様を、周囲の壁に背をつけるようにして、何名かの先輩社員が見守っている。

若くてすらりとした男性社員が、隣に立つ太った中年男性に、ひそひそ声で話しかけた。

「――暗いですね」

胸元にあるプラスチック製のネームプレートには、『二宮宏人《にのみやひろと》』の文字が記されている。

同じく『大原俊郎《おおはらとしろう》』のプレートをつけた男性社員が、やはり声をひそめて問い返した。

「この部屋が、かね」

「そうじゃなくて、顔ですよ。新入社員の顔。今年も暗いなって」

大原は椅子に掛けた新人たちを見回す。

「仕方あるまい。うちのホテルが巷《ちまた》で何と呼ばれているか、知らずに入社したわけじゃないだろう」

「オープンから五年、経営は常に苦しく、絶えず廃業の噂《うわさ》がつきまとう。太平洋を望む崖の上という立地にかけて、崖っぷちホテル――なんて、誰が最初に言い出したんでしょうね」

「そんなところに、誰が好き好んで就職するかね。新人の彼らにしたって、就職活動にあたっては、うちは滑り止めみたいなものだったはずだ。にもかかわらず、最終的にこのホテルで働くことになったのだから、それは、顔も暗くなる」

「オープニングスタッフのわれわれとしては、何とも言えない気持ちになりますね……あ、でも、まんざら暗い顔してる新人ばかりじゃないみたいですよ。ほら、あの女子なんか、いい感じに表情も明るくて」

「む、どの子かね」

「あそこですよ。手前から三番目の、ちょっとかわいい感じの」

大原が、細めた目で二宮を見た。

「かわいい？　あれ、かわいいのか？　二宮君、あんな子がタイプなのかね」

「え、いや別に、深い意味はないんですけど」

「ふむ。まぁ、好みの問題だからね。いやしかし、確かに彼女、明るい顔をしておるな。頼もしいというか、むしろ場違いというか、ひとりだけ妙に浮いてるというか……」

「そうですね……あいつだけ、状況わかってないんじゃないかって感じがしますね。逆に要注意なのかも」

「――これをもって、新入社員への祝辞並びに激励の言葉とさせていただく。諸君の活躍に期待しています。以上」

そのとき壇上のお偉いさんの長話がやっと終わった。新入社員は席を立ち、ホールから退出する流れとなる。

何となく、大原と二宮はくだんの新人女子を見ていた。ほかの新人と列を作ると、彼女は軍隊の行進のようなわざとらしい動きで、手足を振ってホールを出ていく。

その、必要以上に大きく足を上げるのがいけなかったのだろう。

「――あっ」

女子の短い悲鳴が聞こえた。彼女はパンプスに包まれた右足を、着地させるときに勢いよくひねり、その場に激しく転倒した。胸元についていたネームプレートが、二宮たちの立つ壁のほうにまで弾《はじ》け飛んでくる。

「す、すみませんすみません」

女子は慌てて立ち上がり、右足をかばってぴょこたんぴょこたんと跳ねるようにしながら、退場する。居合わせた先輩社員たちのあいだから、忍び笑いが洩れた。

「……二宮君」

大原が、前を向いたままで二宮にささやく。二人の頭上には、どんよりした空気が垂れ込めていた。

「彼女に直接仕事を教えるのは、ほかの社員の担当になるだろうが。それとは別に、有能な先輩であるきみには、彼女の特別教育係を務めてもらいたい。引き受けてくれるかね」

「……承知しました」

二宮は腰をかがめ、彼女が気づかずに落としていったネームプレートを拾い上げる。そして、そこに刻まれた『落合千代子《おちあいちよこ》』という名前を見ながら、ぼそりとつぶやいた。

——おっちょこちょこ。

第一幕

招かれざる客と髪の毛の幽霊

1　G (uests)

最悪だわ――ホテルの最上階にある客室に戻ってくるなり、木下穂乃香《きのしたほのか》はつぶやいた。

きっとその瞬間にもこの国の至るところで、最悪だ、という言葉が吐き捨てられていたことだろう。《最も悪い》という大仰な字面のわりに、人はちょっとしたことですぐ最悪だと感じるものだし、今日不運にも死にゆく人が《最悪だ》とこの世を呪う一方で、今日生まれたばかりの赤ん坊もまた《最悪だ》と思って泣いているのかもしれない。

だが、それでも今日の彼女が口にするには、あまりに似つかわしくない台詞《せりふ》だ――と、木下宗吾《そうご》は考えた。本日このホテルで結婚式を挙げたばかりの花嫁が、最悪だ、などとは。

「何が、最悪なんだよ。いい式だったじゃないか」

なだめるように、宗吾は言う。

腰に手を当てて突っ立つ夫を一瞥《いちべつ》すると、穂乃香は鏡台の前の椅子に、どっかり腰を下ろした。二次会の会場から寄り道せず直接持ち帰ってきた紙袋を、足元に投げるように置く。

「そうね、式の内容は悪くなかった。たくさん友達が来てくれてうれしかったし、スタッフの対応もよかったわ。あなたの同僚のダンスは、ひどいもんだったけど」

夫の同僚の男性陣が、全裸に近い半裸でステージに現れたとき、穂乃香は思わず天を仰いだ。彼女は知っていた、同性の友人たちがにこやかな顔で結婚式に出席してくれながらも、式場の規模や料理の質などあらゆる点から情報を収集し、新郎あるいは結婚そのものをひそかにランク付けしていることを。言わずもがな、自分もそうだったからである。その評価基準にはむろん夫の交友関係も含まれるので、品がないことはやめてほしかった。

「そう言うなって。あいつらも忙しい中、この日のために練習してくれたんだから」

「まぁ、わたしも友達の結婚式で踊らされた経験はあるから。同情しないこともないわ」

「なら、何が気に食わないんだ。二次会か？」

「そうね……」穂乃香は短くした髪を手櫛《てぐし》でといた。

確かに最悪だと感じることはすべて、さっき終わったばかりの二次会と関わりがある。だが、もし宗吾が内容に問題があったと考えているのなら、それは見当違いだ。たとえば——。

「やっぱりあれか。ファーストバイトが、パイ投げみたいになってしまったことか」

そら、きた。宗吾が気にしているらしいことを、穂乃香は一笑に付した。

「盛り上げようとしてやったことだから仕方ないわ。だいいち、先にあなたの顔にケーキを塗り込んだのはわたしだもの」

二次会の幹事は、宗吾の地元の友人が引き受けてくれた。その二次会の序盤、披露宴でもおこなったケーキのファーストバイトをあらためてやることになったのだが、そのとき司会を務めていた宗吾の友人が、宗吾の顔面にケーキをぶつけるよう穂乃香をけしかけた。したがった穂乃香もすぐさま宗吾に反撃を受け、せっかくめかし込んだ新郎新婦がそろって全身ケーキまみれになるという事態となったのだ。

「衣装が私物だったりしたら、ちょっとは怒ったと思うけどね。どうせホテルの貸し衣装だし、それだって気に入ったものじゃなかったわ」

都内で美容師として働いている穂乃香は服飾にうるさいので、ホテルに用意されていた貸し衣装の品ぞろえの悪さ、デザインの野暮ったさには閉口した。披露宴のお色直しで暖色系のドレスを着ることが決まっていたので、二次会は寒色系でと考えていたのだが、想定していたダークブルーのドレスに形のいいものがなく、やむなくライトブルーの、主役らしからぬ無難なデザインのもので妥協した。ホテルのスタッフは「お客さまの明るい雰囲気にお似合いです」と褒《ほ》めちぎっていたけれど、ソーダフロートを連想させる子供っぽいその色は、あと数年結婚が遅れて三十代になっていたらとてもじゃないけど着られなかっただろう、と穂乃香は思う。

「それじゃ、いったい何が最悪だったのか……」

近くのソファに腰かけながら、宗吾は独り言めかしてつぶやいた。妻が不機嫌になったとき、正面切って原因を訊《たず》ねると火に油を注いでしまうことを、彼は婚前からの同棲中に学んでいた。

穂乃香は、ひとつは、という言葉から切り出した。あぁ、妻が最悪だと感じている原因は、どうもひとつではないらしいのだ。《最も悪い》ことがひとつじゃないなんて！

「ひとつは、わたしたちがいまこうして、ホテルの部屋に二人きりでいることね」

「どういうことだよ。大事な新婚初夜なんだから、二人きりでいいじゃないか」

「最終的にはね。でもあなた、いま何時だと思ってるの。いくら初夜だからって、こんな早くからさかってもらっても困るわよ」

宗吾は部屋に備えつけの卓上時計を見た。夜の八時前である。披露宴は午後三時過ぎには終わり、二次会も七時で散会になったので、早いと言えば早い。ただ早朝に起床して昼間から酒を飲まされ——披露宴中は注がれた酒の大半を足元のバケツに捨てていたにしても——少なからず酔いが回っていた宗吾は、とうに時間の感覚を失い、時計のほうが遅れているのではという気さえしていた。

「別に、さかってなんかいないさ。ぼくも今日はさすがに疲れてるし、これまでだって一緒に暮らしてたた」

宗吾が反論すると、穂乃香は呆《あき》れたように目玉をぐるりと回した。

「問題はそこじゃない。せっかく集まってくれた友達が、ゆっくり話す暇もないまま、こんな早くに帰ってしまったことをわたしは嘆いてるの」

「仕方ないよ。電車の時間なんかを考えたら、これ以上引き止めるわけには——」

「仕方ない、ですって？　その仕方ない状況になったのは、こんな立地の悪いホテルで式を挙げざるを得なかったからでしょう」

そうきたか、と宗吾は思う。そうか、要するにそれが言いたかったのか。

二人が挙式をしたグランド・パシフィック・ホテルは、千葉県の東部、太平洋沿岸に位置している。この地域では規模の大きなホテルで、建物も新しく、開業はわずか五年前だ。目玉の施設のひとつである結婚式場は、都内からでも日帰りで出席できることを売りにしている——が、この《日帰りでも出席できる》というのが曲者《くせもの》だった。

何しろ東京駅からホテルの最寄り駅まで、公共交通機関だと最速でも片道二時間はかかる。さらにホテルが小高い丘の上、というより海に面した崖の先端に建っているので、最寄り駅から一時間に二本しかないシャトルバスに乗るか、さもなくばヒイヒイ言いながら坂道を延々上らなければホテルへはたどり着けない。なるほど都内から日帰りは可能だ、だがそれはあくまでも可能だというレベルでしかない。一帯はうらぶれた港町で若者が集うような洒落《しゃれ》た店などあるわけもなく、新郎新婦は二次会までを同じホテルの中で済ませ、そこそこの時間で都内から来た出席者たちを帰さなくてはいけなかったのである。

「あなたはいいわよ、このあたりが地元なんだから。わたしの友達なんて、二次会が終わるが早いか、みんないそいそと帰っちゃったじゃない。休前日のほうがいいだろうからって、せっかく挙式の日をゴールデンウィーク中に設定したのに、これじゃその甲斐《かい》もないわ。面と向かっては言われないけど、きっといまごろ『あんな不便なところで結婚式なんてされるといい迷惑よね』なんて陰口叩《たた》かれてるに決まってる」

「考えすぎだよ。きみの友達、よさそうな子ばかりだったじゃないか」

宗吾がなだめると、穂乃香は大きく目を見開いた。

「何よ、わたしの友達をそんな風に見ていたの？」

何を言ってもだめである。穂乃香には嫉妬《しっと》深い一面があるので、宗吾は今日の式や二次会に異性の友人をひとりも呼んでいなかった。なのにこれではその甲斐もない、と宗吾は妻の台詞を引用し、ひそかに嘆息する。

「こんな辺鄙《へんぴ》な場所で挙式する羽目になったことについては、何度も謝っただろう。親父《おやじ》の仕事の関係で、どうしても断りきれなかったんだ」

宗吾の父親は、息子から婚約者を紹介されるにあたり、グランド・パシフィック・ホテルで式を挙げることが結婚を認める条件だ、と告げた。何でも彼の勤める地元の協同組合がグランド・パシフィック・ホテルと提携しており、身内がよそで挙式したことがばれるとホテル側に、ひいては職場の人間ににらまれてしまうらしい。嫁にあたる穂乃香は元より、宗吾も父の要求に反発したが、親の財布をまったく頼らずに式を挙げられるほど貯《たくわ》えがあるわけでもなかったので、しまいには泣く泣くその条件を呑《の》んだ。穂乃香を説得する側に回ったとき宗吾は、このことは式が済んだのちも折に触れ責められ続けるのだろうなと覚悟したが、初夜にして早くも予感は的中している。

「それに、ぼくだって三次会の誘いを蹴っただろ。あいつらは、穂乃香さんもぜひ一緒にって言ってくれたのに」

　久々に集まった地元の友人たちは、このあとなじみの居酒屋で飲み直すらしい。先ほど宗吾が参加できない旨を伝えたとき、彼らは《まさか主役が来ないとは》と答えて憮然《ぶぜん》としていた。妻が行きたがらないのだ、などとは言えるわけもなく、宗吾は友人たちに向かってひたすら手を合わせて謝るしかなかった。

　そんな宗吾の気苦労も知らずに、穂乃香は唇をとがらせる。

「嫌よ、あなたの友達の輪に交じるなんて。ただでさえ疲れてるところに、ますます気疲れするのが目に見えてるもの。それでなくても、普段から仕事でお客さんに気を遣わなきゃならないのに、こんな日にまでそれは勘弁」

「ぼくの友達とは仲良くできないって言うのか？」

　いつも温厚な宗吾がめずらしく感情的になったことで、穂乃香はかえっていくらか冷静になったようだった。元来彼女は社交的な性格で、夫の交友関係に交じるのを苦とするようなタイプではない。ただ、自分の希望を無視して式場に設定されてしまったホテルのある夫の地元に、今日だけはいい感情を持てないでいるだけなのだ。

「そうじゃないの。式場のことも、渋々とはいえ一度はうなずいたのを、いまさら蒸し返すのはよくないわよね」

穂乃香が一歩退《ひ》いたので、宗吾はおや、と思った。今日に至るまで、打ち合わせのために何度かホテルへ出向いた折にも、穂乃香は不平をこぼすばかりだったのに。

「いや、まぁ、きみには親父のせいで我慢を強いたから……」

「でも、最悪なのはそれだけじゃないわ」

穂乃香の視線がいっそう鋭くなり、宗吾は背筋に冷たいものを感じた。やはりというべきか、勝気な彼女が素直に引き下がるなんてことはありえなかった。彼女は次の一手に打って出るために、態勢を整えたに過ぎなかったのだ。

ブラウスの袖のボタンを外しながら、穂乃香は冷たく言い放つ。

「二次会のあの一件さえなければ、わたしもここまで不機嫌になんてならなかったわよ」

「二次会の？」

「ほら、写真の――」

それで、宗吾も得心がいった。二人はめいめい、数時間前の二次会会場へと――いわば幸せの絶頂だったころへと、意識をさかのぼらせた。


結婚式の二次会は、ホテルの一階にあるホールで催された。

入り口に受付を務める宗吾の友人が座り、参加者はまずここで会費を払う。次いでインスタントカメラで撮影してもらい、プリントされた写真にペンでメッセージを書き込んで、幹事の用意した箱に入れる。そのあとで好きな席に着く、というシステムになっていた。

会の前半、余興のひとつとしてビンゴ大会がおこなわれた。ただし普通のビンゴではなく、参加者には三×三のマス目が印刷された紙が渡され、この中に二次会の参加者の氏名を記入する。知り合いだけで足りなければ、初対面の参加者にも声をかけて名前を聞き出し、なるたけマスを埋めたほうが有利になる仕組みだ。

新郎新婦はビンゴマシンを回す代わりに、先ほどの箱の中から写真を一枚ずつ取り出していく。自分の写った写真を引き当てられた参加者が、新郎新婦にひとこと祝辞を述べているあいだに、ビンゴカードに彼もしくは彼女の名前を記入していた人は、そのマスにチェックを入れる。そうしてまた次の写真が引かれ、やがてビンゴカードの列がそろった参加者はビンゴ、景品を手に入れることができるというルールだった。

事件はその、ビンゴ大会の中盤で起きた。

「はい、続いてはこの方！　ちょっとメッセージが書かれていませんけども」

穂乃香が引いた写真を司会者の男性が受け取り、機材を用いてホールの最奥にあるモニターに映し出した。被写体は女性である。ノースリーブのパーティードレスに身を包み、カメラに向かって手を振るように両手を突き出しているが、表情は硬い。ドレスの紺青色《こんじょう》を見て、いい色合いだな、と反射的に思ったことを、穂乃香はちょっぴり悔しく感じた。

自分の写真がモニターに映し出された人は、すぐにその場で立ち上がることになっていた。誰もがその瞬間を待ち受けて拍手の準備をしていたが、立ち上がる人はなく、賑やかな二次会に似つかわしくない静寂が十数秒、続いた。

「……いませんか、こちらの方。トイレにでも行ってるんですかね」

司会者が再度、マイクを使って場内に問いかける。トイレはホテルの同じ階にあり、ホールからはいったん出ないと行かれないので、ちょうど写真を引き当てられた瞬間に不在だったというのはありうることだった。

でもそれにしたって妙だな、と穂乃香は思った。二次会の参加者はたいてい単身ではなく仲間と来ているので、仮にトイレなどで席を外しているのなら、まわりの誰かがその旨を知らせるはずだ。よしんばひとりで参加しているとしても、やはり着いた席の周囲にはほかの参加者がいるのだから、全員がぽかんとしているこの状況はおかしいのである。

にわかに会場がざわつき始めたところで、司会者が問題の写真を各テーブルに回した。モニター越しではわかりにくいけどよく見たら自分もしくは知り合いだった、というケースを想定しているらしい。その間に、穂乃香は隣にいる夫に小声で訊ねる。

「あなたの知り合い？」

　すると夫は目を丸くして、

「きみの友達じゃないのか？」

「だとしたら、とっくにそう言ってるわよ。あんな女の人、知らない」

「ぼくのほうこそ知らないよ。だいいち、ぼくは今日ここに、異性の知り合いを呼んでない」

「――いないみたいなので、次にまいりましょう。さ、新郎、写真を一枚引いてください。どうぞ」

　司会者の声にさえぎられ、二人の会話はそこで終わった。結局、参加者にひととおり写真を間近で見てもらっても、該当者が判明することはなかった。そのときはみんな首をかしげていたものの、二次会の進行にともなって盛り上がりの中心はめまぐるしく変遷し、正体不明の女性の写真のことなど、十五分も経《た》たないうちにほとんどの人が忘れてしまったのだが――。

「あれは不思議だったよなぁ」

緊張感のない声で言う宗吾に、穂乃香は冷ややかな視線を投げかけた。

「いい加減、とぼけるのをやめたらどうなの」

「とぼける？　とぼけてなんかいない」

「どうだか。写真、もらってきたのよ。アルバムと一緒に」

穂乃香は足元に置いておいた、ホールから持ち帰ってきた荷物をがさごそとやり、アルバムを取り出した。ビンゴ大会に使われた写真は一冊のアルバムにまとめられ、記念品として新郎新婦に贈られていた。二次会の最中に幹事が写真を貼り、さらにリボンをかけてカットするなどしてきれいにラッピングしてくれたものである。そこに正体不明の女性の写真も一応、はさみ込んでおいてもらったのだ。

問題の写真をアルバムからはがすと、穂乃香は夫のもとへ歩み寄り、ソファの前のテーブルにめんこのようにして叩きつけた。宗吾はソファに座ったままなので、彼を見下ろす格好になる。

「街中のホテルやバーならともかく、こんな場所で開かれた二次会に、見ず知らずの女が偶然紛れ込むなんてことあるわけないでしょう。この女は何らかの事情があって、わたしたちの二次会に意図的に忍び込んだのよ」

「事情、だって？」

怪訝《けげん》そうな宗吾の表情が、穂乃香はなおのこと気に入らない。腕組みをして目を細め、そのいら立ちをぶつけるように断定した。

「わたし、わかってるんだからね——これ、あなたの女なんでしょう」

2 (a bellho) P

最悪だわ——ラバーカップ片手に女子トイレの洋式便器と格闘しながら、落合千代子はつぶやいた。

ホテリエを養成する専門学校を今年の春に卒業し、ここグランド・パシフィック・ホテル——通称GPホテルに就職してから、まだほんのひと月である。新米ベルガールとしてよちよち歩き始めたばかりの自分が、経験を積ませるという口実のもと、さまざまにこき使われるのは仕方がない。

けれども今日も、遅番として夕方GPホテルに到着するなり、まだ着替えも済まさぬうちからレストランで切らしたお酒のボトルを別室へ取りにいかされ、ようやく制服に着替えたら今度はアメニティの数が足りないことに憤る客のクレーム処理に回され、あげくの果てにいまはこうして詰まったトイレの掃除をさせられている。だいたいこれは清掃員の仕事ではないのか。雇う金をケチって夜間にじゅうぶんな人数を置かないから、自分がこんなことをやる羽目になるのだ。

太平洋に面した崖の突端に建つこのホテルが、五年前の開業直後より、その厳しい経営状態を指して《崖っぷちホテル》と揶揄《やゆ》されていたことを、千代子は専門学校時代から聞き知っていた。

そもそもGPホテルは八年ほど前、この千葉県東部に海外資本の巨大テーマパーク開園計画が持ち上がったことを機に、そこからの集客を当て込んでいち早く建設に動いたホテルだった。ところがその後、アメリカに端を発する世界的金融危機が生じたために、テーマパークの計画は白紙に戻ってしまう。その時点ですでに始まっていた建設をストップさせるわけにもいかず、GPホテルは当てが外れて何の勝算もないままにオープン、誰もが予想したとおり当初から苦境に立たされながら、どうにか五年を持ちこたえてきた。

そんなGPホテルに就職することが、ホテリエを志す専門学校生のあいだで、崖っぷちだけに《身投げ》などと評されていたことは無理もない。千代子だってむろん、望んで就職したわけではなかったし、ほかにも都内を中心にあまたのホテルの採用試験を受けまくった――が、ことごとく落ちたのだ。

　何しろ生来のそそっかしさが祟《たた》って、面接や実技試験ではミスをしないということがない。一流のホテリエに憧れて専門学校にかよい、彼女なりに真面目《まじめ》に勉強してきたつもりだけれど、その蓄積は十全に発揮されることのないまま、気がつくと手元に残ったカードは《GPホテルの内定》という一枚のみになっていた。

　落ち込まなかったといえば嘘《うそ》になる。だが千代子は、あきらめのよい一面を持っていた。決まったことでウジウジしてもしょうがない、とにかく社会人になったのだから精いっぱい仕事に取り組もう、と入社式のころにはすでに気持ちを切り替えていた。

その入社式でもそそっかしさを発揮して、ホールから退場する際にすっ転んでしまい、入社一日目にして先輩社員から《おっちょこちょこ》なるあだ名をつけられてしまったけれど、笑って済まされることならば、とさほど気にしていない。就活がうまくいかず思い悩む若者も多い中、働き口があるだけでも幸せだと思わなきゃ――彼女はあきらめがよく、また妙なところでポジティブだった。

　そんなわけで、ここGPホテルで働き始めた千代子が見たのはしかし、噂以上に崖っぷちなホテルの現状だった。三百近い客室を有していながら、人件費削減の名目のもと、働いている従業員が異様に少ない。しぜん、新人の千代子でもベルガールの業務にとどまらない各種の雑用に駆り出されることになる。もちろん給料もすずめの涙なので、割に合わないと感じることはなはだしい。ただ宿泊客も多くないので、少人数でも何とか回していけるのが皮肉だった。

——元はといえば、今日はお休みだったのに。

ずり落ちてきたシャツの袖を再びまくり上げながら、いまさら考えても詮ないことを、それでも千代子は考えずにいられない。

都内のホテルに、フルコースのディナーを食べにいく予定だった。友達が、食事券をもらったのでゴールデンウィークに一緒に行かないか、と誘ってくれたのだ。その友達というのが同い歳《どし》の男性で、しかも一流企業に勤める好男子だったので、恋人のいない千代子は舞い上がった。二人きりで高級ディナーに舌鼓を打ち、そのあとはバーでしっとり飲み直し、あわよくばそのまま彼といい仲に……なんてことも、まんざら考えないではなかったのだ。

それなのに直前になって、遅番で仕事に入れと言われた。元々入るはずだった、千代子と同期入社の新人が、早くも音を上げたのか行方《ゆくえ》をくらませてしまったのだ。突然の出社命令に、千代子は必死で抵抗してみたものの、入社一ヶ月の新人がどうあがいたところで空《むな》しい。ゴールデンウィーク中はほかに休日もなく、泣く泣く友達に連絡を入れ、せめてランチにでもという彼の妥協案に乗るしかなかった。それでも今日は千代子なりにめいっぱいめかし込み、気合いの入った化粧をして彼のもとへ向かったけれど、果たせるかな、これといってロマンチックなムードになることもなく、ものの数時間で解散となった。

「くそ、くそ」

トイレで口にするにはあんまりな悪態をつきながら、千代子は繰り返しラバーカップを便器に押し当てる。客室ではなく、ロビーの外れにある共用の女子トイレである。窓もなく薄暗いこのトイレの、いかにも何か出そうな雰囲気が、怖がりな千代子はどうにも苦手だった。

先ほど利用した女性客から、詰まっているようだとの報告を受けた。その客が詰まりに気づいたのが、トイレを利用する前なのかあとだったのか、利用前に気づくとしたらどんなシチュエーションがあるのかも想像しえないけれど、千代子はいまのところ見た目やにおいから知ることができなかったし知りたくもなかった。

詰まりはいまだ解消されていない。そもそもラバーカップなんてもの、小学校のトイレの掃除道具入れで見かけた記憶があるくらいで、正しい用途で使ったことなど一度もなかった。初めはどうやって使うのかさえよくわかっていなかったが、しばらく試行錯誤するうちに、ようやく原理のようなものが見えてきた。千代子はいま一度、渾身《こんしん》の力を込めてラバーカップを洋式便器の水が溜《た》まった部分に押し当て、便器の縁に片足をかけてそれを思いきり引っ張った。すると――。

「きゃっ！」

すぽんと音を立ててラバーカップが外れ、千代子は勢い余って床のタイルに尻もちをついた。はねた水がちょっぴり顔にかかった気がする。どうしてこんな目に遭わなきゃいけないの、本当ならいまごろは高級ディナーに舌鼓を打っているはずだったのに……半泣きになった千代子だったが、直後、便器がゴボゴボと鳴ったのを聞いて元気を取り戻した。

――直った！

千代子はラバーカップを杖《つえ》にして立ち上がり、便器の内側をのぞき見た。逆流してきた水の中に、溶けたトイレットペーパーに交じって、何か黒々としたものがある。どうやら詰まりの原因はこれらしい。それが何なのかを確認すべく、千代子は水面の揺れが小さくなるのを待って、おもむろに顔を近づけた。そして、

「ひゃあああああ！」

奇声とともに、再び床に尻もちをついた。

千代子は恐怖した。自分も人も当たり前に持っているし、さらしてもいるものなのに、ちょっとおかしな場所にあるだけで、なぜこんなにもおぞましいのか。

水中の黒いものの正体はいまや、明白だった——トイレを詰まらせていたのは、大量の髪の毛だったのだ。

3　G (uests)

「……何を言い出すのかと思ったら」

宗吾はソファの背もたれに倒れ込み、噴き出した。写真に写る見ず知らずの女にやきもちを焼く穂乃香のことが、おかしくて仕方なかったのだ。

その態度に感情を逆なでされ、穂乃香はむきになって言い募る。

「結婚式の二次会に忍び込もうだなんて考える女、あなたの女性関係以外に何があるのよ。写真にメッセージが書き込まれていなかったのだって、祝福するつもりがないことの表れなんじゃないの」

「それじゃきみは、ぼくの浮気を疑ってるのか」

「あるいは昔の女かもね。地元にいたころ遊んでたとか」何気なく口にした可能性に、穂乃香は自分でうなずいた。「そうね、じゃなきゃこんな場所までわざわざ来ようとは思わないもの。あなた、誰にでも優しくする八方美人みたいなところがあるから、意外とモテたんじゃないかと思うし」

宗吾はむっとする。その優しさが気に入ったから、ぼくと結婚したんじゃないのか。しかし、感情的に言い争うのは不毛なので、ここはいったんロジカルに話を進めることにした。

「いいさ、じゃあ仮にだよ、この女がぼくの知人だったとしよう。きみはどうやって、彼女があの二次会の会場に忍び込んだって言うんだ?」

「どうやって、って」

「二次会が開かれたホールの様子を思い返してみろよ」

ホールには廊下に面した側にひとつ、奥にひとつ、計二ヶ所の入り口があった。そのうち奥のほうは従業員通用口で施錠されており、一般客には出入りできない。二次会中にオーダーした飲み物などは、この通用口を経由してホールに運ばれていた。

「客にとって唯一となる入り口には、幹事が受付を設置していた。参加者はそこで会費を払い、名簿の名前をチェックしてもらわなければ、ホールには入れなかった。したがって、受付の目をくぐり抜けて会場に侵入するのはまず不可能だ。名簿に名前のない女が来たら、ただちに怪しまれたに違いない。加えて、全員の受付が済むと同時に幹事は写真を集めた箱やカメラを回収したはずだから、そのあとで女性がやってきたとしても、写真を撮影して箱に入れることはできなかった」

宗吾の主張は、写真の女と自身との関係を否定するものでこそなかったけれど、侵入経路の問題がクリアされない以上、このまま彼を責め続けるのは難しいように穂乃香は感じた。

彼女は部屋の中をぐるぐる歩き回り、ひとつの反論を思いつく。

「名簿にある、別の人の名前を騙《かた》ったんじゃないかしら。知り合いであれば、本人が二次会に参加することは事前に知りえたでしょうし」

「つまり、ぼくの友達の名前を無断で拝借したってこと？」

「この人があなたの女なら、普通はそうなるわね」

これは明確に否定できる。宗吾はひざの上で両手を組んだ。

「今日の二次会は、幹事も受付もすべてぼくの友達がやってくれてたんだよ。受付にやってきた相手が、名簿に名前のある参加者本人かどうかくらい、見ればわかるさ」

「受付をやってくれたのは、あなたの地元の友達でしょう。この女が地元の知り合いとは限らないじゃない」

「さっき、地元にいたころの女だって言ったばかりじゃないか……まぁいいや。もうひとつ。ぼくは今日の二次会に、異性の知り合いをひとりも呼んでない。どこかの誰かが、意味のないやきもちを焼くものだからね」

穂乃香はぐっと言葉に詰まる。事前に見せてもらった彼の側の名簿には、確かに女性の名前がひとつもなかった。

「写真の女性がほかの参加者の名前を騙ってホールに侵入した。これはひとつの手段としては、なかなかに説得力があると思うよ。ただし、女性が男性の名前を名乗るわけにはいかないし、よしんば両性に当てはまるような名前を選ぶにしても、受付に座るぼくの友達の前でそれをやってのけるのはリスクがでかすぎる」

宗吾の主張の正しさを、穂乃香も認めざるを得なかった。考えてみれば、宗吾の側に女性の参加者がひとりもいないことなんて、幹事は当然把握していたに違いないのだ。

「つまりだね、この女性がほかの参加者の名前を騙ったのだとしたら、それはぼくではなくきみが呼んだ、女性の参加者としか考えられない。その参加者の名前を知っていたわけだから、この写真の女性もやはりぼくではなく、きみの関係者ということになるんだ」

　雲行きが変わったことを察し、穂乃香は焦った。初めは自分が宗吾を責めていたはずが、気づけば宗吾に責められつつある。手のひらに浮かぶ汗をスキニーパンツでぬぐい、彼女は反論をひねり出した。

「ほかの参加者の名前を騙るのに、事前に名前を把握しておく必要はないわよね」

「どういうことだい？」

「名簿を見せてもらって、《これです》って指差せばいいのよ。実際、わたしも友達の結婚式の二次会でそうしたことがあるもの。この女がわたしの友達の名前を騙ったからといって、わたしの関係者とは限らないわ」

　というか、関係者ではないし――穂乃香はそう信じていたけれど、宗吾はここぞとばかりに反撃の手を加えてきた。

「もしこの女性が他人の名前を、本人に無断で騙ったんだとしたら、そのあとで本人も受付をしたはずだから、二度受付をした参加者がいたことになるね。あるいは、こうも考えられる――もし二度受付をした人がいなければ、今日呼ばれていたきみの友人が、この女性に名前を貸したんじゃないか。ぼくたちもあの二次会の場で、本当に全員が来てくれていたかということまでは、確かめる余裕がなかったからね」

唖然《あぜん》とする穂乃香を尻目に、宗吾は携帯電話を手に取った。穂乃香の表情が、いくぶん恐れを含んだものになる。

「ちょっと、何するつもり」

携帯電話を耳に当て、コール音を聞きながら宗吾は、微笑を浮かべて言った。

「幹事をやってくれた友達に、訊いてみるのさ――二度受付をした女性はいなかったか、ってね」

4 (a bellho) P

「た、た、タイヘンです大原さん！」

千代子は転がるようにフロントへ駆け戻り、ひとりでそこを受け持っていた大原俊郎の、でっぷりと太った腹にすがりついた。

「どうしたのかね、落合君。トイレの詰まりは解消されたかな？」

ところどころ白いものの交じるご自慢の口ひげをなでながら、大原は言う。今年五十歳を迎えた彼は、このホテルのフロントクラークであり、その中でも主任を務めている。丸みを帯びたお腹《なか》の感触に合わせたみたいに物腰が柔らかで、千代子を含む新人や若手を厳しく叱ったりすることはないので、それら従業員から親しみを持たれ、というよりほとんどナメられていた。

「それが、詰まりは取れたんですけど、とにかくタイヘンで……」

「ダイベン？　すると、前のお客さんの排泄物《はいせつぶつ》が原因だったのかな。立派なのを生んでくれたものだ」

「ダイベンじゃなくてタイヘンなんです！　出た、出ました、出たんですよぉ！」

「――おい、おっちょこ」

声がしたカウンターの外に、千代子は顔を向ける。そこには千代子と同じく遅番で出勤してきた、コンシェルジュの二宮宏人が立っていた。

二宮宏人は、GPホテルの開業と同時に専門学校を出てここに就職したという、先輩社員である。地元である千葉県の地理や歴史についての造詣《ぞうけい》の深さや、語学留学の経験などを生かして、国内外からの客のあらゆる問い合わせにいつもそつなく対応するので、その仕事ぶりは評判がよく、同僚の信頼も篤《あつ》い。

もっとも千代子にしてみれば、有能なぶん出来の悪い後輩に対して辛辣《しんらつ》なところのある二宮は、苦手な先輩だった。直属の上司や先輩というわけでもないのに、なぜかやたらと千代子に絡んでくるのだ。何を隠そう、入社式で醜態をさらした千代子にいち早く《おっちょこちょこ》と不名誉なあだ名をつけたのが、この先輩である。以来、何かあるとすぐ口の端をにやりとゆがめ、からかうように《おっちょこ》と呼んでくる。千代子はそろそろ彼のことをパワハラで訴えてやろうか、と真剣に考え始めている。

悔しいことが続くので、千代子は近ごろ、この二宮なる先輩の粗探しをすることに、ひそかに執念を燃やしている。が、悲しいかな彼は仕事ができるだけでなく、顔立ちも中性的に整い、さらりと流れる短髪は女性が嫉妬するほど美しく、そのうえスタイルまでよいと来ている。いまのところ欠点らしい欠点を見つけることができずに、千代子は今日も、こうして二宮に虐《しいた》げられてしまうのだった。

「トイレから戻ってくるなり、《ダイベン》だの《出た》だのって、何を大声で騒いでるんだよ。トイレに行くのは別にいいけど、大か小かなんて報告しないでいい。汚いな」

呆れ顔で二宮がなじってくるので、千代子は頬が熱くなるのを感じた。

「ち、違いますってば！　あたしはただ、トイレの詰まりを直してきただけで」

「それで、何が出たのかね」

大原の問いに、千代子は忘れかけていた恐怖を取り戻して震える。

「ラバーカップでしばらくベコベコやってたら、ゴボゴボって音がして、水が逆流してきたんです。その水に、紙と一緒に交じってたのが、なんと……」

「なんと？」

「大量の黒い髪の毛だったんですよ！」

勤務中であることも忘れ、千代子は叫んだ。

すると大原と二宮は目を見合わせ、くすくす笑い出す。

「え……何で笑ってるんです？」ぽかんとする千代子。

「落合君、きみ、新人にしちゃあ度胸あるよね。いくらひと仕事終えたところだからって、いきなりこんな、しょうもないジョークをぶち込んでくるなんて」

「ジョーク？　あたし、ジョークなんて言ってませんけど」

「《紙》と《髪》をかけたんだよな？」

二宮の指摘で、千代子はようやく、まともに取り合ってもらえていないことに気づいた。

——何なの、この大人たちは。ちっとも話が進まないじゃない！

「真面目に聞いてください。ジョークでも何でもなく、トイレに詰まっていたのは、人の髪の毛だったんです」

「……本当の話なのかい?」

大原が疑いの眼差《まなざ》しを向けてくるので、千代子はぶんぶんと首を縦に振った。

「嘘だと思うなら、見てきてくださいよ。逃げてきちゃったんで、いまもそのままになってますから」

「なってますから、じゃないだろ」二宮が人差し指を突きつけてくる。「詰まったものを取り除くまでが、落合の仕事だろうが」

「あ、そうか。すみません、忘れてました。何ていうか、それどころじゃなかったもんで」

悪びれもせず千代子は受け流した。まだ二宮が何かぶつくさ責めてきたけれど、話が進まないので無視することにした。

「トイレに髪の毛が詰まってたんですよ。これはもう、出たとしか言いようがありませんよね」

「出たって、何がかね」

大原は腹をぽんと叩いて鳴らす。《出た》と言われると無意識に、腹のことだと思ってしまうらしい。

千代子は両手で握りこぶしを作り、上下に振る動作を繰り返した。

「幽霊ですよ！　あのトイレ、呪われてます！」

　沈黙が降りる。やっとこの恐怖が共有されたか、と千代子が安堵《あんど》しかけたとき、二宮が聞こえよがしにため息をついた。

「落合が真面目に聞けっていうからそうしたのに、聞いて損したよ」

「な、何でですか！　あたしは大真面目です」

「でも事実としては、トイレに髪の毛が詰まってただけのことじゃないか。異様ではあるけど、だからって幽霊はないよな」

「う、それを言われると……」

「――そういえば、こんな話を聞いたことがあるよ」

　と、ふいに大原がいつになく低い声で語り出した。

「その昔、この一帯の崖は、知る人ぞ知る身投げの名所だったそうだ。よくない評判に困った町は柵を作ったり、立て看板を設置したりしたけれど、対策も空しく身投げはなくならなかった。

　あるとき、若くて髪の長い女性がひとり、崖から身投げをした。けれどもその瞬間、海から吹き上げる風に煽《あお》られた女性の髪が柵に渡されていた鎖に絡まり、女性は髪の毛によって宙吊《ちゅうづ》りの状態になってしまった。最終的に、女性はたまたま持ち合わせていたはさみで髪の毛を切り、海に落下して亡くなった。柵の鎖には女性の髪の毛だけが、大量に残されていたという。

それからしばらくして、このGPホテルの建設がスタートした。けれども途中、どうも機械の調子がおかしくなるとか、タンクの水が蛇口から出てこなくなるというようなトラブルが続いた。作業員が原因を確かめると決まって、そこには大量の髪の毛が絡まっていたそうだよ……」

大原の声がやんだとき、にわかにフロントの照明が暗くなったような気がした。もちろんそれは千代子の錯覚に過ぎなかったが、彼女はぶるぶる身を震わせ、涙目で大原に訊ねた。

「そ、それ、実話ですか……?」

「いいや。私がいま作った」

即答である。大原はにこにこ笑っていた。

「信じるなよ。身投げをして宙吊りになった女が、たまたまはさみを持っていたなんて、そんな状況あるか」

二宮は千代子に白い目を向け、さらに大原にも向けた。

「ていうか、大原さんもやめてくださいよね。このホテルに変な噂が立って、客が減ったらどうしてくれるんですか」

「いいんだよ、もう。どのみちこのホテルに客なんて、減るほど来ちゃいないのだから」

大原はどこか遠くを見つめるような目をしていた。

「世間で言われているとおり、どうせこのホテルは崖っぷちさ。近々潰《つぶ》れるに決まってる。そうなると私はこの歳で無職だ。あは、あはははは……」

来年から娘が大学生なんだよ、とぼやいて大原はまた不気味に笑う。温厚な上司というのが彼の大方の評判だが、一部ではこのホテルの将来性のなさを憂い、単にやる気をなくしているだけだとも噂されていることを、千代子は知っていた。現にこうして時折、悲観的なことを口にしてはヤケになる大原の姿を目にする。

付き合いの長い二宮はそのあたりの対処に慣れているようで、相手にせずにこんなことを言った。

「かわいい新人をからかうのはやめにして、もっと現実的に考えましょうよ。くだらない怪談なんかでっち上げてないで」

あら、かわいいってあたしのことかしら？　千代子はその一言で機嫌をよくし、幽霊の話を聞いて覚えた恐怖も忘れてしまった。二宮が苦手な先輩であることに変わりはなかったが、彼は仕事ができるし、見た目だって悪くないのである。二宮が特に意味もなく、枕詞《まくらことば》のような感覚で新人に《かわいい》と添えたに過ぎないことなど、ポジティブかつ自身の器量にまずまず満足している千代子にとってはどうでもいいことだった。

「落合の言うとおり、トイレの詰まりの原因が髪の毛だったなら、取りも直さずそれは誰かがトイレに髪の毛を流したんですよ」

「なるほど。そうなると、繰り返される前に注意しなきゃならないね」

大原がふむふむとうなずくそばで、千代子は首をかしげる。

「でも、どうして髪の毛をトイレに流したりするんです？」

「さぁ。それがわかりゃ苦労はしない」

二宮は平然としている。すると大原が口ひげをさすりながら言った。

「髪の毛を流したってことは、髪を切ったってことだね」

「そうとは限らないんじゃないでしょうか。外から持ち込んだ髪の毛を、トイレに流したってことも……」

千代子が反論するも、二宮は賛同しなかった。

「その場で髪を切ったのならともかく、外から持ち込んだものをわざわざトイレに流す理由がないな。トイレには、ちゃんとゴミ箱も置いてあるのに。逆にトイレを詰まらせることが目的だったなら、髪の毛なんかより確実なものはいくらでもあっただろうし」

「少なくとも、髪を切った可能性はあるってことだよね。それなら、防犯カメラに映ってるんじゃないかい」

「えっ！　トイレに防犯カメラがあるんですか」

千代子は顔を青くした。さっきラバーカップで格闘しながら、悪態をついたり醜態をさらしたりしたのを思い出したのである。

「バカ、トイレの中にカメラがあるわけないだろ。トイレの前の廊下だよ」

二宮の言葉に「あ、そうか」と頭をかきつつも、千代子は内心むっとした。バカですって？　かわいい新人であるあたしに、バカだなんて。

「トイレに入るときは長かった髪が、出てきたときに短くなっている人が映っていたら、その人が髪を流したことになるね。目的まではわからずとも、本人に注意することはできるかもしれない」

わが意を得たりとばかりに続けた大原に、千代子は素朴な疑問をぶつけた。

「防犯カメラって、そんなに簡単に見せてもらえるものなんですか」

「警備室に行って、事情を説明すれば見せてもらえると思うよ」

「そうなんだ。あたし、行ってきます。このまま何もわからないんじゃ、怖いから」

千代子はフロントのカウンターを抜け、警備室に向かおうとした。ロビーを数歩歩いて立ち止まり、振り返る。二宮と大原は微動だにしない。

「……ついてきてくれないんですね」

「ただでさえ人手が少ないのに、ぞろぞろ連れ立っていくわけにもいかないだろ」

「そんなぁ。はさみを持った血だらけの女が映ってたらどうするんですか。かわいい新人を守るのも、先輩の役目でしょう」

「知るかよ。防犯カメラの映像からその女が飛び出してくるわけでもあるまいし」

かわいいって誰のことだ、と二宮が付け加えるのに、千代子はショックを受ける。やっぱりこの先輩、苦手だわ。

「二宮君、ついていってあげなさい」

と、そこで大原が助け船を出してくれた。

「えっ。自分も行くんですか」二宮は露骨に嫌そうな顔をする。

「今日はもうこんな時間だ。コンシェルジュの仕事はあまりないだろう。それに結婚式の二次会も終わったし、人手が必要になることはなさそうだからね」

「いえ、しかし……」

「行ってきたまえよ」大原が、二宮の耳元に口を寄せた。「かわいい新人の面倒を見るのが、教育係の仕事だろう？」

何だろう、小声だったけどはっきり聞き取れた。《かわいい》を強調していたような……いや、それよりも教育係って言った？　誰が、誰の？

千代子がきょとんとしていると、二宮は彼女を一瞥し、ふてくされるように言う。

「ふん、しょうがないな。落合がどうしてもって言うのなら、ついてってやる」

ちょっと顔が赤い気がする。そんなに行くのが嫌なのだろうか。しかし、いくら苦手な先輩であろうと、いないよりはマシだ。

千代子は礼儀のつもりで、二宮の手を両手で包みながら言った。

「ありがとうございます。二宮さん、よろしくお願いします」

「わ、わかったから離せよ」

二宮は慌てたように千代子の手を振り払い、そのあとで自分の指先を嗅《か》いで、眉をひそめた。

「……落合、さっきトイレから逃げてきたって言ったけど、ちゃんと手は洗ったんだろうな？」

「あ」

答えずに、千代子はきびすを返した。

「さぁ行きましょう」

「《あ》って何だよ、《あ》って。おい、おっちょこ」

千代子は無視して廊下を進む。世の中には、知らないほうがいいこともあるのだ。

5　G（uests）

「この写真の女が、直接の知り合いではないにせよ、わたしの関係者だったとして……」

いくぶんの焦りをにじませ、穂乃香は言った。心当たりこそなかったものの、宗吾にここまで自信たっぷりに写真の女との関係を否認されると、対する穂乃香は自分の関係者でないことを主張しづらくなるのだった。

「あなたいったい、この女とわたしにどんな因縁があることを想定しているわけ？」

「そうだね。結婚式の二次会に忍び込むくらいだから、やっぱり男関係だろうな」

宗吾は携帯電話を耳に当てたままで答える。電話をかけた友達はなかなか出ない。

三次会と称した飲み会の真っ最中だと思われるので、気づかないのかもしれなかった。

「たとえば昔、きみがその女性の恋人を奪ったとかね。気の強いきみならやりそうなことじゃないか。それでその女性が『アタシの幸せを奪っておいて、別の人と幸せになろうだなんて許せない！　台なしにしてやる！』とでも考えて、二次会に乗り込んできたってのはどうかな」

ひどい言いがかりだとは感じたものの、穂乃香は強く否定もできなかった。そもそも宗吾との交際からして、誰にでも優しいぶん流されやすいところのある彼を、穂乃香がほかの女性から強引に奪ったようなものだったからだ。過去には似たような経緯で付き合った男性がほかにもおり、見ず知らずの女性から恨みを買っているおそれがまったくないとは言いきれなかった。

「そんなの、わたしを恨むのはお門違いだわ。その女に魅力がないから奪われるのだし、責めたければ心変わりした男のほうを責めるべきね」

「何だ、まるでぼくが心変わりしないほうがよかったみたいな言い草だな」

「そんなこと言ってないわよ。自分が後ろめたいから、そういう風に聞こえるんじゃないの」

痛いところを突かれたと感じたか、宗吾は言い返してこなかった。しかし穂乃香は、これはどちらも得をしない口論だと思った。二人の結婚に至るまでの交際の、あまり顧みたくない部分をことさらに暴き立てただけだった。

ケンカするのはこれが初めてではない。ただ穂乃香は、普段は温和でめったに怒らない宗吾が真っ向から対立してくると、動揺してついヒートアップしてしまう自分に気づいていた。交際自体、穂乃香の求めでスタートしたこともあり、その後のさまざまな場面においても常に穂乃香が主導権を握ってきた。式場のことを渋々ながら受け入れたのも、宗吾がそこまでかたくなに何かを要求したことなどほとんどなかったので、ひとつくらいは聞いてあげないと、という意識がはたらいた結果だったのだ。

そんな、よくいえば従順、悪くいえば主体性のない宗吾を、時として穂乃香は頼りなくも感じていた。もし何か問題が起きたとき、この人はわたしを守ってくれるのだろうか。大きな危険が差し迫っても、毅然《きぜん》とした態度で立ち向かってくれるのだろうか。現在の宗吾の反抗的な態度は、見方を変えればそうした不安を和らげてくれる類のものでもあるのに、ケンカになると穂乃香はどうしても頭に血が上り、言わないほうがいいことまで口走ってしまうのだった。

「——あ、もしもしタクミ？」

コール音が途切れたので、宗吾はそれまでより強めに携帯電話を耳に押し当てた。

電波の向こうはいやに騒がしく、相手の声を聞き取るのもひと苦労だった。

『おー宗吾、今日はお疲れ。どうした？　いまから来るか』

一緒に飲んでいる友人たちの『おぉー！』と盛り上がる声が電話越しに聞こえ、宗吾は苦笑した。

「いや、いまからは行かないよ。でさ、ちょっと訊きたいことがあるんだけど」

『訊きたいこと？』

タクミは宗吾にとって地元で一番の親友である。今日の二次会も幹事の彼が中心となって回してくれたので、あらゆる情報を誰より把握しているのは彼に違いなかった。

「二次会の受付の際に、何かおかしなことがなかったか。たとえば、同じ名前の人が二度、現れたとか――」

『何だそれ、怪談か？』

いぶかりつつも、タクミは「ちょっと待ってな」と言い置いて、受付を担当した友人に確認を取ってくれた。三次会には、二次会の運営に携わってくれた人が全員残っているらしい。

『何もなかったって言ってるぜ。すべてスムーズにおこなわれ、欠席者なんかもいなかったってさ』

「そっか。わかった、ありがとう」

宗吾はそばで沈黙している穂乃香に薄い笑みを向けた。二度受付をした人間がいなかった以上、穂乃香の友人が写真の女性に名前を貸した疑いは強まったわけだ。

ところが、タクミの話はそれで終わらなかった。

『ただ、カメラについてちょっと気になることがあったらしいんだよな』

「カメラ？」

知りたいのは、写真の女性のことである。カメラと聞いて、宗吾は身を乗り出した。

『受付がどんな状態だったかは、宗吾も見てるよな。俺たちは入り口にテーブルを置いて、そこで会費を集めつつ、参加者の名前をチェックしてたんだ。荷物は入ってすぐ脇の、棚のところにまとめておいて』

宗吾はホールの模様を思い出す。入り口を抜けてすぐ右側の、背の高い木製のディスプレイラックに、バッグやビンゴ大会の景品なんかが乱雑に置かれているのを目にした。その奥にお酒のボトルが並んでいたので、ホール内でお酒を提供することもあるのだろう。今日の二次会はそれなりの人数だったので、室外の厨房《ちゅうぼう》から運ばれていたようだが。

『でな、その棚の手前側に長机をくっつけて、そこにインスタントカメラやらペンやら並べてたわけよ。ひとり受付が済むごとに、誰かが撮影して、長机の上で写真にメッセージを書き込んでもらうようにしてさ』

「うん。それで？」

『そのカメラが一度、なくなったって言うんだ』

宗吾は目をぱちくりとさせた。そんな話は初耳である。

『受付が始まって二十分くらいかな。入り口のあたりがちょっとごたついてたのは、俺も知ってたんだよ。それについて問いただしたら、何でも直前まで長机の上にあったカメラが行方不明になってたらしい。捜したらすぐに見つかったんだけどな』

「どこにあったんだ？」

『写真を集めた箱の中だよ。ほら、おまえらがビンゴのときに写真を取り出していた、上部に丸い穴の開いたあの箱』

視線を持ち上げ、宗吾は記憶を手繰《たぐ》った。ビンゴ大会における視覚的効果を狙ったからか、四十枚かそこらの写真を入れるにしては極端に大きな、電子レンジほどもあるサイズの箱だった。使い回しなどではなくこの日のために用意されたものだと聞いているから、事前に別の写真が入っていた可能性はない。

『というのもな、初めは箱も長机の上に置いてたんだが、その長机があまり広くないもんだから、二人も並んでメッセージを書き始めるともう邪魔になってたんだ。で結局、箱は長机の下、足元にずっと置かれてたんだけど……』

「要するに、カメラが長机から落ちて箱の中に入った、と？」

『まぁ、そういうことになるだろうなぁ』

間延びした声でタクミが言うので、宗吾は拍子抜けしてしまった。

「それのどこが、気になることなんだよ。解決済みじゃないか」

『でもさ、カメラはちゃんと長机に置いてあったんだぜ。長机を揺らしたりしない限りは落ちなかったと思うんだよ』

「だとしても、誰かが長机に足を引っかけでもすれば、そういったことは起こりえたんじゃないのか。受付の人間だって、長机から片時も目を離さなかったわけじゃないだろう」

『まぁな……いまここにいる人間も一応、カメラが消える直前に受付をした人がメッセージを書き込んだ写真を箱に入れるところまでは、見届けた記憶があるって言ってる。だからカメラが落ちたとすればそのあと、新しい参加者が受付に来るまでのあいだってことになるんだよな。体感的にはほんの二、三分だったたって』

「カメラが落ちるのなんて、二、三分どころか二、三秒もあればじゅうぶんだよ。

――盛り上がってるところ、邪魔して悪かったな。落ち着いたらまた飲もう」

　宗吾は通話を終え、携帯電話を置いた。いつの間にかソファの向かいで床にひざを突き、テーブルでアルバムを広げていた穂乃香に告げる。

「決まりだ。二度受付をした女性はいなかった。写真の女性は、きみの友達に名前を借りたんだ――」

「それはないわ」

　穂乃香が顔も上げずに断言するので、宗吾はたじろいだ。

「何でだよ。電話をして、確かめたんだぞ」

「その間にわたし、アルバムの写真と二次会の参加者の名簿を照らし合わせてみたの。間違いなく、全員そろってた。疑うならあなたもあらためてみてちょうだい、写真にはだいたいみんな名前を書いてくれてるし、どのみち女性の人数さえ合えば問題はないわけだから」

　念のため、宗吾も名簿にある女性の名前と、アルバムにはさまれた女性の写真とを数えてみた。誰かが名前を貸したとすれば写真が一枚少なくなるはずだったが、穂乃香の言うとおり名前と写真の数は一致した。

「まいったな、これでまた振り出しだ。この女性、いったいどうやってホールに忍び込んだのか……」

手に持っていた名簿を、宗吾は無造作にテーブルへ投げ出した。そのまま両手で頬やあごをなで回す。考えは尽きたように思われたのだ。と、

「電話の最後、何の話をしていたの？」

穂乃香に問われ、宗吾はあぁ、と気だるげに応じた。

「写真を入れる箱の中に、カメラが落ちてしまってたんだとさ。気づかずに、捜したらしい」

その返事を聞いて、穂乃香は何か引っかかるものを感じたらしかった。

「てことは、カメラは受付の人に悟られず、こっそり扱うことも可能だったのよね？」

「ん？　まぁ、そういうことになるかな。何せいっとき行方不明になってたわけだし」

「ねぇ、わたし考えたんだけど――」

焦点の緩んだ宗吾の双眸《そうぼう》を突き刺すように、穂乃香が真正面から見つめてきた。

「この女、受付が設置されるより早く、ホールに忍び込んでたってことはないかしら」

穂乃香の言葉が脳に浸透するにつれ、宗吾は驚きを覚えていった。

「そうか……それなら侵入経路についてはクリアされる。あのホールなら、入り口にドアはなく出入りは自由だったし、中に人ひとり隠れる場所くらいはあったに違いない。そうして先に隠れておいて、人が増えたころにさりげなく姿を現せば、何食わぬ顔でホール内を歩き回ることができた」

「でしょう。わたしたちはてっきり、写真は受付で撮ってもらったものだと思っていたから、受付にいた人の目をかいくぐるのは無理だと考えていた。だけど、こっそりカメラを扱えたのなら、自分で写真を撮ってしまえば——」

「待てよ。それは難しいんじゃないか」

「どうして？」

「写真を見ろよ。この女性、両手をカメラに向かって突き出してる。自分でシャッターを操作することはできない」

「あぁ、それなら大丈夫。あれ、ちゃんとセルフタイマーがついてるの。わたしもあのカメラ、友達の結婚式で使ったことがあるから知ってる。オートフォーカスなんかもついてて、けっこう高性能なのよ」

　そうなのか、と宗吾はつぶやく。あの手のインスタントカメラに、写真を撮ってその場で現像する以外の機能なんてあるまいと思っていた。

「じゃあ、写真も撮影できたことになるな。もしかしたら、一時的にカメラを持ち出したことのカモフラージュのために、返すにあたって箱の中にカメラを入れたのかもしれない。二次会が終わるまでどこかに隠れていたのなら、脱出経路のことも考えなくていい。目的はよくわからないけれど……」

そのとき、宗吾の携帯電話が着信を知らせた。宗吾が手に取って画面を見ると、発信元は先ほど電話したばかりのタクミである。

「もしもし、どうした……え？　何だ、しょうがないな。わかった、訊いとくよ」

すぐに夫が電話を切ったのを見て、穂乃香は訊ねた。

「何ですって？」

「タクミのやつ、居酒屋で会計しようとして、財布をなくしたことに気づいたらしい。あいつも二次会の受付でちゃんと会費を払ってるから、そのときまでは確実にあったんだと。それで、ホテルに落とし物として届いてないか訊いてみてくれ、だって」

フロントに内線で問い合わせてみよう。そう言ってソファから立ち上がり、鏡台の電話機に手を伸ばした宗吾を、穂乃香が大声で制した。

「待って！」

「な……何だよいきなり。びっくりするじゃないか」振り返る宗吾。

穂乃香は女の写真を取り上げ、宗吾に近寄った。そして、たったいま得たひらめきを、写真とともに夫に差し出した。

「この女――ひょっとして、財布泥棒だったんじゃないの？」

6　(a bellho) P

警備室にて。ひとり詰めていた警備員のおじいさんに、千代子は防犯カメラの映像を見せてくれるよう掛け合っていた。

「一階のトイレの入り口を映したカメラ、ね……」

「お願いします。すぐに見ることができますか？」

「大丈夫だよ。イマドキは映像も全部データで保存しているからね」

警備員が親切だったので、千代子はほっと胸をなで下ろした。彼が機械を操作すると、いくつもあるモニターのうちのひとつの画面が切り替わる。千代子は二宮と頬を寄せるようにして、そのモニターをのぞき込んだ。

映像は、まっすぐに続く一本の廊下を見通すような視点である。奥のほうの右側に、問題の女子トイレの入り口があり、このトイレには窓などもないので、カメラを避けてトイレに出入りする方法はない。ただし、この廊下と垂直に交わる通路がトイレの正面からも伸びているので、そこを通ってトイレに出入りすれば映るのはほんの一瞬である。

「トイレが詰まっているとのお知らせを受けたのが、十八時半ごろでした。今日は結婚式の二次会なんかもあって、そのトイレを利用した人は少なくなかったはずなので、発覚が極端に遅れたということはないと思います。一時間もさかのぼれば、じゅうぶんじゃないかしら」

千代子の言葉を受け、警備員は映像を十七時半の時点にジャンプさせる。そこから早送りで再生し、トイレに出入りする人の姿をチェックしていく。入った人と出ていく人とを、トランプの神経衰弱をプレーするような気持ちで照らし合わせる。

「ストップ！」

しばらくして、二宮が叫んだ。

「どうしたんですか、二宮さん」

千代子が問うと、二宮は白い目を向けてきた。

「ちゃんと見てなかったのかよ。こんな人、トイレに入ってないぞ」

モニターには、トイレから出てくるひとりの女性が映っていた。カメラが映す廊下を横切るところなので、映っているのは横顔のみ、人相までは見て取れない。しかしカジュアルな服装といい、短めの髪といい、たしかに二宮の言うとおり、同じ女性がトイレに入るのを見た記憶がなかった。手には結婚式の引き出物を入れる袋を提げている。

「いったん映像を少し進めてから、もう一度戻してください」

二宮の指示に警備員はしたがい、千代子は口をはさまずにいた。それから二宮が再びストップをかけたとき、そこにはやはり女性がひとり映されていた。

「この人だ。トイレから出ていく姿が映っていない」

言われて千代子も目を凝らす。長い髪をまとめ上げ、パーティードレスのようなものに身を包んでいる。やはり横顔しか映っていないが、手に持っている紙袋や履いているハイヒールは先ほどの女性と同一に見えた。となるとあの紙袋の中に、着替えなどが入っているに違いない。

「映像では遠いし、画質も粗いから細かいところまでは確認できないな……」

二宮がつぶやくのに対し、警備員は「このくらいの画質でもじゅうぶんなんだよ」と、なぜか設備の肩を持っていた。

「この人がトイレで髪を切って便器に流し、一緒に服も着替えたんですね……でも、何でそんなことしたんだろう」

　首をひねる千代子に、二宮はしれっと言う。

「身投げにでも失敗して、全身ずぶ濡《ぬ》れだったんじゃねえの」

「ちょっと、怖がらせるようなこと言うのやめてくださいよ」

「風体を変える……あんまりいい目的だという気はしないよな」

「いい目的じゃないっていうと、たとえば？」

「何かしらの犯罪絡みじゃないか。盗みをはたらいたあとで、目撃者の目をごまかすために別人になりすましたとか……ま、ただの想像だけどな」

　そんなことを二人が話し合っていると、いつの間にか老眼鏡をかけた警備員が、モニターに顔を近づけていた。

「おぉ、やっぱりだ。この女の人、どこかで見たと思ったんだよ」

　画面は先ほどの、トイレから出ていく女性の場面まで進められている。千代子は勢い込んで訊ねた。

「どこかって、どこで見たんですか」

「ちょっと前に、廊下を歩いているのを見かけたよ。確か、こっちのカメラに……」

　警備員が機械を操作すると、別のモニターの画面が変化した。最上階のエレベーター前の廊下に設置された、防犯カメラの映像である。

「本当だ！　これ、さっきトイレから出てきた女の人だ」

千代子は思わず画面に映る女性を指差した。やはり引き出物の紙袋を提げた女性は、エレベーターから出てくると、そのまま近くの客室のドアを開け、入っていく。その後、女性が再びカメラに映ることはなかった。

「……宿泊客、なんですかね」

GPホテルは全室オートロックなので、部外者が容易に客室に入れるわけはない。いくらか意外な心地がして千代子が言うと、二宮も眉間にしわを寄せていた。

「自分でドアを開けている以上、そう考えるのが自然なんだろうけどな。金銭目的で盗みをはたらくにしても、対価に宿泊費を払うんじゃ、財布のひとつやふたつすったところで割には合わないよな。いくらうちのホテルが人気なくて、宿代が安いとはいえ――」

「あ」

はたとあることに気がついて、千代子は声を上げた。

「結婚式ですよ！　今日このホテルでは、結婚式がおこなわれていたんです」

「ん？　そりゃオレも知ってるし、現にこの女の人も引き出物を持ってるみたいだけど……そうか」二宮は千代子の言わんとしていることを察したようだった。「ご祝儀やなんかを盗めば、宿泊費を払ったところでお釣りがくるなんてもんじゃないよな」

「それだけじゃありません。今日は、二次会もこのホテル内で開かれていたんです。ああいったパーティーの際、荷物の管理がずさんになるのはままあることです」

千代子も仲のいい高校の先輩の、結婚式の二次会に誘われて出席したことがある。そのときはダイニングバーのフロアを借り切って催されたが、参加者のバッグはまとめて目の届かない後方に置かれており、不用心だな、と感じたことを憶《おぼ》えていた。

「なるほど、そこから財布をごっそり盗むだけでもよかったんだ。引き出物の紙袋もきっと、怪しまれないようにどこからかくすねたんだろうな。あれさえ持ってれば、披露宴の出席者とみなしてもらえるから。そうしてパーティードレスで二次会の会場に忍び込み、財布をかっぱらったあとトイレで風体を変え、堂々と客室に戻ったってわけだ」

「行ってみます？　最上階まで」

女はまだ、最上階の客室にいるはずである。千代子と二宮はうなずき合い、次いで警備員のほうを見た。親切なおじいさんは引きつった笑みを浮かべ、手を振った。

「申し訳ないけれど、警備の人間は何か起きてからでないと動けないんだよね。防犯カメラを見張ってないといけないし」

《防犯》という言葉の意味を、根底から覆《くつがえ》す理屈である。どうもこのおじいさん、波風立てずに余生を過ごしたいらしいな。千代子はため息をついた。


「――おもしろそうだね。私も一緒に行こうかな」

対照的に乗り気だったのは、大原である。

これから最上階へ向かうに先立って、千代子と二宮はフロントへ報告に戻ったのだった。そうして警備室での一部始終と、二人の行き着いた結論とを話し終えたところで、大原が《自分も行く》と言い出したのだ。

「いいんですか、フロントにいなくて。無人になりますよ」

二宮が懸念する。フロントには依然、大原ひとりしかいなかった。

「問題ないよ。どうせこんな廃業寸前のホテル、夜遅くに人の出入りなんかありゃしないんだから。付近にはコンビニすらないんだよ」

大原が腹を揺すって笑うのを、千代子は痛ましい気持ちでながめていた。

「でも、内線だってかかってくるんじゃ……」

「受話器外しとこう。通話中だったらあきらめるでしょ」

だめだ、この人。千代子はもう何も気にしないことにした。

「相手は犯罪者かもしれないんですよね。そのことを指摘すると、逆上して襲いかかってくるおそれもあります。護身用に、何か持っていったほうがいいかと」

二宮の提案で、三人はおのおの武器になりそうなものを手に取った。千代子はその辺にあったはさみを、二宮は客の忘れ物のゴルフクラブを。大原はというと、受話器から伸びるコードのジャックを内線の電話機本体から文字どおり外してしまい、それをヌンチャクのように振り回してみせた。これは完全にふざけているのである。

三人でエレベーターに乗り込み、最上階に到着する。女が入った客室を目指して廊下を歩き始めたところで、大原がさも愉快そうに言った。

「でも、本当に二宮君の言ったとおり、身投げした女の人だったりしてね。この階にある客室の半分は、崖に面しているわけだし」

「やめてくださいってば！　ただの作り話なんでしょう」

千代子が憤ると、大原はごめんごめん、と謝った。

「ただし、身投げの名所だったってのは、まんざら嘘でもないがね」

え、そうなの……？　千代子が動揺しているあいだに、三人は客室の前にたどり着いた。千代子がドアチャイムを鳴らそうと指を伸ばしたとき、またしても大原が戯《ざ》れ言を放った。

「ドアを開けた瞬間、全身びしょ濡れで血だらけの女が、はさみを持って襲いかかってきたりして」

「……二宮さん、先、お願いします」

千代子は先頭を二宮に譲ろうとしたが、反対に背中を押されてしまった。

「やだよ、いいから行けよ」

「かわいい新人を守るのも先輩の役割でしょう」

「本当にかわいいと思ってたら、言われるまでもなく守ってるよ。ほら、行け」

「ちょっとやめて、押さないで――」

そのときである。

出し抜けに、客室のドアが勢いよく開いた。

7　G（uests）

「財布泥棒、だって？」

穂乃香が口にした思いがけない言葉に、宗吾は目をしばたたいた。

「そうよ。わたしたちのどちらかに個人的な恨みがあって二次会に忍び込んだのなら、写真一枚残しただけで姿を消したことの説明がつかないもの」

夫婦の仲が険悪になることを狙ったのなら多少は成功したともいえるけれど、と穂乃香は思ったが、口には出さなかった。

「それよりは、参加者の財布を盗むことが目的で忍び込んだと考えるほうが、よっぽど納得がいくわ。入り口の脇の棚に無造作に積まれたバッグの山、あなたも見たでしょう。現にそこに荷物を置いてた幹事の人が、財布をなくしてるじゃない。写真の女がパーティードレスを着てたのも、参加者の注目がわたしたちに集まっている二次会中に、怪しまれることなく動き回るためだったんだわ」

「ひとつ、重要なことを忘れてるぞ。もしその女性が財布泥棒だとしたら、どうして写真なんか撮った？　そんな決定的な証拠、残していくはずがないじゃないか」

「それは……荷物を置いた棚に近づいたとき、撮影を担当していた幹事側の人に、まだ写真を撮ってないことを指摘されたからじゃないかしら。そしてできあがった写真を目の前で箱に入れるよう指示され、ごまかしきれなくなってしまった」

「苦しいな。まだ受付に人がいるときに、荷物に近づいたっていうのか？　だいたい、写真を撮ってないことに幹事が気づいたのなら、受付もしてないって考えそうなもんだろ、普通」

宗吾の言い分には明らかに一理あったが、またしても自分の考えを否定されたことで、穂乃香は頭に血が上るのを感じた。無益な議論だとわかっていながら、彼女は言葉の剣先を鞘《さや》に収めることができなかった。

「あなた、ひょっとして自分の友達のミスを認めたくないだけなんじゃないの。荷物の管理を怠って財布を盗まれた、間抜けな友達をかばいたいから、意地になって反論するんだわ。自分の財布も管理できないような人に、写真の女を見て受付を済ませたかどうか、正しく判断できたかは疑問ね」

これには宗吾も激昂《げっこう》した。出会ってから今日に至るまでで一番大きな声を、穂乃香にぶつけた。

「いい加減にしろ！　タクミを始め、みんな忙しい中で二次会の幹事を引き受けてくれた、ぼくの大切な仲間なんだぞ。言っていいことと悪いことがある」

「ふん。会場がこんな辺鄙な場所じゃなかったら、わたしにだって幹事をやってくれる友達くらい、いくらでもいたわよ」

穂乃香も負けてはいない。興奮のあまり、気づけば二人とも立ち上がっていた。

「あとから文句言うなよ。そんなにこのホテルが嫌なら、決まってしまう前に反対すればよかったじゃないか」

「何度もしたわ！　あなたが父親の言いなりになって、聞く耳持たなかっただけじゃない」

「そうさ、言いなりだ。これまでぼくは、何かにつけてきみの言いなりになってきた。それなのにたった一度、こちらの要求を呑んでもらったというだけで、ぼくはこんなにも責められなきゃいけないのか？　この先もずっと、何ひとつ要求することなく言いなりでい続けないといけないっていうのか」

「言いなりになれ、なんて言ってないわよ。あなたが勝手にそうしてきただけじゃない。主体性のないあなたのこと、いつも頼りなく感じてた。家族に問題が起きたとき、ちゃんと守ってくれるのかなって不安に思ってたわ」

「侮るなよ。きみが何でも思いどおりにしないと気が済まないタチだから、ぼくはそれを聞き入れてやってたまでなんだ。自分の考えや主張を何も持たないグズだったわけじゃない」

「そんなこと言って結局、自分の希望を押し通す度胸がなかっただけじゃない。それなのにいまになってわたしのせいにするなんて、男らしくないにもほどがあるわ」

「この期《ご》に及んで何が男らしくない、だ。少しは女らしくしたらどうだ、なんて言えば烈火のごとく怒るくせに」

言い返そうとして呼吸が震え、穂乃香は自分が泣いていたことを知った。

喉元でかろうじて押しとどめた言葉は、声に出してしまえばおしまいだとわかっていた。期せずして中断された口論を、夫も続けたいとは思っていないに違いない。穂乃香は鏡台の前の椅子に座り、うつむいた。

宗吾の優しい性格に惚《ほ》れた。穂乃香がどんなにわがままを言っても、彼は悠然としてそれを受け止めてくれた。少し頼りないところはあるけれど、それは彼の持つ優しさと表裏一体であることを理解すれば、欠点と感じることもなく仲良くやっていけると思った。

だが宗吾に言わせれば、彼は仕方なく穂乃香の言いなりになってきただけだという。これまで信じてきたことすべて、覆されたような気分だった。いつまでもそんな心境でいて、夫婦なんてやっていけるわけがない。宗吾は忍耐を重ねるだけだし、わたしも――彼が嫌々要求にしたがっているという事実が、わたしを幸せにはしないだろう。

涙が続けざまに流れ、穂乃香の頰を濡らした。その滴《しずく》がむき出しの足の甲に落ちたとき、穂乃香はついに、言わずにおいた言葉を吐き出してしまった。

「わたしたち、結婚すべきではなかったのかもね」

宗吾もまた、その台詞に心からショックを受けていた。否定しなければいけないと思った。なのに、とっさに口を衝《つ》いて出たのは、いつもと同じく穂乃香の言いなりにふさわしい一言だった。

「きみがそう思うなら、好きにすればいい」

穂乃香は宗吾をきっとにらんで立ち上がり、そのまま客室を出ていこうとした。うろたえた宗吾が彼女を呼び止める。

「どこへ行くんだ。ひどい顔だぞ」

「ほっといてよ。どうせわたしの顔はひどいわよ」

「どこへ行くのかと訊いている」

「捜すのよ。写真の女を」

虚を衝かれ、宗吾はぽかんと口を開けた。

「捜すって……何のために」

「財布を盗《と》ったかどうか確かめるの。どうして写真を撮ったのかも問いつめる。そして、あなたの友達に過失があったことを証言してもらうわ」

「冷静になれよ。財布を盗ったとしたら、こんなホテルの中にいつまでも居残るわけないだろ」

「そんなの捜してみないとわからないじゃない。もしかしたら、このホテルの宿泊客かも」

「だとしても、だ。相手が犯罪者なら、確かめようとした瞬間に、刃物か何かで襲われるなんてことも――」

「あなた、もうビビってるわけ。つくづく頼りない人ね。呆れた」

穂乃香はドアノブに指をかける。その肩に、宗吾は手を置いた。

「待てって」

「――触らないで！」

振り返った穂乃香が、いつの間に手にしていたのやら、自分に向けて突き出したものを見て、宗吾はぎょっとした。

「おい、そんな物騒なものしまえよ」

「嫌よ。あなたが頼りにならないから、自分の身は自分で守るしかないじゃない」

「お願いだから落ち着いてくれ。いくら扱いに慣れているとはいえ、そんなもの振り回して、ケガでもしたらどうするんだ」

「よけいなお世話よ。いまに見てなさい、わたしの考えがすべて正しかったことを証明して、あなたとは気持ちよく別れてあげるんだから――」

あらためてドアノブに空いた手をかけ、穂乃香は勢いよくドアを押し開けた。

8 G (uests & a bellho) P

開いたドアの向こうには、いままさに捜していた女が立っていた。

しかも、女は手にはさみを持っていたのだ。

「——きゃあああああああああ！」

同時に発生した二つの甲高い悲鳴が、GPホテルの最上階の廊下にこだました。

9 G (uests)

次の瞬間、穂乃香の身に思いがけないことが起こった。

「ぼくの妻に手を出すな！」

はさみを握りしめて向かい合う二人の女性のあいだに、宗吾が割って入った。彼は身を挺《てい》して、穂乃香をかばってくれたのだ。

反射的に、穂乃香は宗吾の背中にしがみつき、彼の肩越しに相手の女を見た。間違いなくあの写真の女である、が――。

「……ん？」

目の前の女性がいつはさみを振り上げて襲いかかってくるかと、宗吾は心臓をばくばくさせながら待ち構えた。ところが、彼女はいっこうに襲いかかる素振りなど見せない。それどころか、

「で、出た、幽霊……」

とか何とかつぶやきながら、その場にへたり込んでしまった。どうも、腰を抜かしたらしい。

あれ、と場違いにのんびりした声を発したのは、女性の背後にいた五十絡みのおじさんだった。よく見ると、このホテルの従業員の制服を着ている。

「本日は、ご結婚まことにおめでとうございました」

「あ、はぁ……どうも」

宗吾が困惑していると、女性のそばに立っていた若い男が言う。

「えっ。それじゃあ大原さん、こちらのお二人が新郎新婦ですか」

「そうだよ、二宮君。木下ご夫妻だ」

「そうだったんですね。自分も落合も遅番だったから、知りませんでした。コンシェ

ルジュとベルガールじゃ、事前の打ち合わせに参加することもなかったし」

この二宮と呼ばれた若い男も、落合というらしい女性も、どうやらこのホテルの従業員のようなのだ。宗吾はひどく混乱していたが、それでも彼らの胸元にあるネームプレートで、聞き取った名前が間違っていないことだけは確かめた。

落合も宗吾と同様に、あるいはそれ以上に混乱しているようだ。

「どういうことですかぁ。どうして新婦さんが、トイレで着替えたり髪を切ったりするんですかぁ……」

彼女はべそをかいている。ベルガールの格好をしてはいるものの、そのさまは非常に幼く見えた。

「トイレで着替え……あぁ、それは」いまだ恐怖の消えない穂乃香は、宗吾のうしろからそっと首をのぞかせて答えた。「二次会のファーストバイトで、パイ投げみたいになっちゃって。ドレスや髪がベタベタになったから、急いできれいにしたんです」

「その話、もう少し詳しく聞かせてもらってもよろしいですか」

二宮が首を突き出して訊ねる。穂乃香はようやく、宗吾の横に並び出た。

「二次会は夫の友人たちが幹事となって開いてくれたんですけど、その中でケーキのファーストバイトがあって。幹事のあいだでは、そこでわたしたちを煽ってパイ投げみたいにするところまで、織り込み済みだったそうです。そうなると当然、服が汚れますよね。

二次会の衣装に着替えたところまでで、結婚式の新婦側の控え室は空けなくてはいけませんでした。通常なら、荷物はわたしたちが宿泊することになっているこの部屋に——最上階のスイートに運び込むはずだったんですけど、パイ投げを想定していた幹事たちが、気を回して着替えを二次会の会場に運び込んでくれてたんです。それで、ファーストバイトが終わったあとにいったん着替えることになって。

そうはいっても会の主役はわたしたちだから、あまり長いあいだ席を外すわけにもいきませんよね。そこでわたしは、ホールから一番近いトイレで着替えることにしたんです。幹事が何本か持ってきていたはさみのうちの一本を借りて」

「はさみ？」と二宮。

「ケーキのクリームが、髪の毛にもべっとりついていたんです。こればっかりは、お湯とシャンプーでしっかり洗い流さないと落ちないだろうと思って。トイレの個室に入って服を脱いだあとで、トイレットペーパーで拭いたりもしてみたんですけど、やっぱり落ちなかったので、借りたはさみで髪を切っちゃったんです」

「えぇー！　髪、切っちゃったんですか。もったいない……」

落合はなぜか号泣している。たぶん彼女自身も、なぜ泣いているのかわかっていないに違いない。

「わたし、美容師なんですよ。髪を切ることに抵抗がないんです。それで、結婚式まではがんばって伸ばしてたけど、本当は一日も早く切ってしまいたくて。どうせ式が終わったら短くするつもりだったし、後日また整えればいいやと思って、トイレでばっさり」

二次会の会場に戻ってきた穂乃香の髪が短くなっていたのを見て、もちろん会場は騒然となったし、宗吾も大いに驚いた。ただ当の本人は澄ましていて、それよりもライトブルーのドレスから私服のブラウスとスキニーパンツに着替えた結果、会場の誰よりもカジュアルな格好になってしまったことを残念がっていた。

穂乃香は二次会終了ののち、着替えを入れた紙袋を持って、ホールからこの部屋へ寄り道せずに直接帰ってきている。にもかかわらず服が変わっていたのは、もちろん二次会の最中に着替えたからであった。そして、その紙袋に入れっぱなしにしていたはさみを、穂乃香は先ほど取り出したのだった。

穂乃香の説明を聞いて、二宮はどこか脱力した風だった。あらたまった態度で、訊ねてくる。

「お客さま、切った髪の毛をトイレに流されませんでしたか」

「あ……そういえば。汚物入れには入りそうもない長さだったし、ゴミ箱まで運ぶのも面倒だったから、便器の上で切ってそのまま、髪を拭いたトイレットペーパーと一緒に流してしまいました。もしかして、まずかったですか」

萎縮する穂乃香を、二宮は慇懃《いんぎん》にたしなめる。

「詰まることがございますので、これからは流されませんよう、お願いいたします」

「はい。すみませんでした」

「そうか、幽霊じゃなかったのだな。残念だ」

出し抜けに、大原がそんなことを言ってお腹をぽんと叩く。宗吾は思わず訊き返した。

「幽霊って？」

「いえ、何でもありません。うちの者が驚かせてしまい、申し訳ありませんでした」

二宮が頭を下げ、落合のわきの下に両手を差し入れて立たせる。そのまま去ろうとする三人を、穂乃香が呼び止めた。

「待ってください」

三人が、いっせいに振り返る。

鼻を真っ赤にした落合に、穂乃香は視線を合わせる。そして、新婚初夜の夫婦に不仲をもたらした張本人に、いまなお解決されていない、本日最大の疑問をぶつけた。

「どうしてあなたの写真が、わたしたちの二次会の場にあったんです？」

10 (a bellho) P

「……本当にどうしようもないやつだな、おっちょこは」

二宮になじられ、千代子は肩を落とした。

「だって……取ってこいって言われたお酒のボトルの前に、いっぱい荷物が積まれてたんですもん」

木下夫妻の宿泊するスイートを離れ、三人は廊下を歩いていた。大原がひげをいじくりながら笑う。

「でも、彼らからしたら落合君のほうこそ、泥棒のように見えていたとはね。おもしろいこともあるものだよ」

新郎新婦から、二次会の参加者の写真を集めた箱の中に自分の写真が紛れていたことを知らされたとき、千代子はまったく身に覚えがなく、震撼《しんかん》した。ただ詳しく状況を聞くにつれ、彼女にひとつの心当たりが生じた。

今日の勤務の最初、レストランで切らしたお酒をホールへ取りにいかされた際、千代子はディスプレイラックに積まれた荷物の奥にある酒瓶を取ろうとして、客のバッグを手前の長机に落としてしまったのだった。インスタントカメラはその長机に置かれていたとのことなので、どうも落ちたバッグがカメラのシャッターボタンを押し、そのままカメラが長机の下にあった箱の中に落下して、排出された写真が箱に残されたらしいのだ。千代子は受付にいた人たちに見つからなかったのをいいことに、急いでバッグを元どおりにしておいたのだが、カメラがなくなっていたことにまでは気がつかなかった。

「新郎新婦に招かれていない女性の写真があったら、そりゃあちょっとした騒ぎになっただろうね。下手すりゃ夫婦仲に亀裂を入れかねないし、早めに正体が判明してよかったというものだ」

「だけど落合、何だってあんなにめかし込んでたんだ？　着替える間もなくこき使われた点については、同情しなくもないけどさ」

二宮が嫌なところを突いてくる。千代子はぶっきらぼうに答えた。

「今日は高級ホテルで友達とランチしたあと、ここに直行してきたんです。あたしだって、たまにはおしゃれくらいしますよ」

「え、友達ってそれ、男か？　相手が男だからおめかししてたのか」

「何、食いついてるんですか。どうでもいいでしょ、そんなの」

写真に写った千代子の格好が、従業員の制服ではなく、たまさか結婚式の二次会にいても違和感のないドレスだったため、よけいに混乱を招いたらしかった。言うまでもないが、千代子は従業員通用口を使ってホールに入ったので、受付を通過する必要はなかったのだ。

「ふぅん……ま、どうでもいいけど」

二宮はちょっとつまらなそうにし、そのあとでまた意地悪く笑う。

「しかし傑作だったな、あの写真。バッグを落として慌てる落合の姿がちょうど、カメラに向かって両手を振るポーズに見えていたとは」

意図しない写真が撮影されたことだけでもちょっとした奇跡なのに、あまつさえ服装やポーズまでもが、いかにも二次会らしいそれだったなんて。千代子はもはや、目に見えない何かに——それこそ幽霊にでも、いたずらされたとしか思えないのだった。

「新郎新婦、真相を知ってさすがに笑いをこらえてたな。おっちょこ、恥ずかしかったただろ」

「いいんです、もう」

悄然《しょうぜん》としつつも、千代子は虚勢を張った。

「笑ってもらえればそれで本望です。お客さまの笑顔が、何よりのチップですから」

「お、たまにはいいこと言うじゃないか」

「お褒めにあずかり光栄です。でも、《たまには》はよけいです」

三人でエレベーターに乗り込み、階下へ降りる。その途中、二宮が思い出したように忠告した。

「財布、急いで捜せよ。落合のせいなんだからな」

木下夫妻は二次会の幹事を務めた男性から、財布をなくしたとの連絡を受けていた。その話を聞いたとき、場にいる全員が《こいつのせいだ》という目を向けてきたのを、千代子は肌でひしひしと感じた。十中八九、千代子が落としたバッグの口から飛び出してしまったのだろう。財布の忘れ物をあずかったという知らせを今日はまだ受けていないから、いまもホールのどこかに転がっている可能性が高い。当然ながら、捜しにいくのは千代子の役目だった。

「言われなくても捜しますよ……でも、その前にちょっと着替えていいですか」

涙目で千代子が訴えると、大原がきょとんとした。

「着替え？　着替えはもう、とっくに済ませているじゃないかね」

「それはそう、なんですけど……」

口ごもっているうちに、二宮が鼻をひくつかせ、しかめっ面をした。

「落合、ひょっとして……出た？」

まさか、そこに触れてくるとは。やっぱりこの先輩はとことん苦手だ。千代子は頰が、溶けたガラスみたいに赤く熱くなるのを自覚した。

「だって、はさみを持った女性と向かい合ったとき、本当に怖かったんですよぉ。それで腰を抜かしたときに、ちょっとだけ……あっ、でも小さいほうですからね」

「だから、報告しないでいいって！」

二宮と大原がそろって、せまいエレベーターの中で後ずさりする。千代子は、いまだけは大原の作り話のとおり、このホテルの建つ崖っぷちから身投げしてしまいたい気分だった。

11　G（uests）

三人の従業員を帰すと、力が抜けた。宗吾はドアを閉め、寝室にしつらえられたキングサイズのベッドに、ほとんど倒れ込むようにして座った。

「何のために言い争ってたんだろうね、ぼくたち」

財布泥棒はいなかった。むろん、お互いの人間関係にやましいことがあったのでもなかった。写真に写っていた女性は、ただのベルガールだった。

「……ごめんなさい」

突然、穂乃香が謝った。立ち尽くす彼女に、宗吾はびっくりして問う。

「どうしてきみが謝る？　悪いのは全部、あのベルガールさ」

「でも、最初にこの写真を持ち出して、あなたの女性関係を疑ったのはわたしだもの。それに、あなたの友達まで悪く言っちゃって」

なるほど、確かにそれはよくなかったかもしれない。だが、宗吾は知っていた。穂乃香が自分から先に宗吾を好きになったせいで、彼女に対する宗吾の愛情に、しばしば不安を感じてしまうことを。そうして精神の平穏を欠いたとき、つい心にもない暴言を吐く場合があることを。

売り言葉に買い言葉で、今日は宗吾も穂乃香を傷つけるようなことを言ってしまった。けれども本当は、彼女を愛していることを、彼女に信じてもらえるようにならなければと常々感じてきた。言いなりと自虐したような立場に徹したのも、本当は彼女の一切を受け入れることで、愛情を示しているつもりだったのだ——それが正しい方法だったのかは、わからないけれど。

「済んだことさ。こちらこそ、いろいろ悪かった」

宗吾は言い、手招きして隣に穂乃香を座らせた。

「結婚式までは、忙しくも浮かれていられた。それもみな無事に終わって、これからは二人で新しい家庭を築いていかなきゃいけない。ナーバスになるのは無理もないよ」

「あなたって、本当に優しいのね」

穂乃香が宗吾の肩に頭をあずけてきた。慣れたことなのに、なぜだか今日は照れくさい。

「やっぱり男らしくない？」

「いいえ。さっきわたしがドアを開けた瞬間、とっさに前に出てわたしをかばってくれたあなた、とっても男らしかった」

「まだ、結婚すべきではなかったと思ってる？」

「まさか。ずっと一緒にいたいわ。あなたはどう？」

宗吾は取り澄まして答えた。

「ぼくも一緒にいたい。これは何も、きみの言いなりになってるわけじゃないからね」

もう、と穂乃香が笑いながら宗吾の胸を叩く。そのまま二人は倒れ、ほどなくして部屋の明かりが消えた。暗闇の中で、宗吾がそっとつぶやく。

「甘い」

「シャワーがまだだもの。ケーキが残ってたのね」

穂乃香が言うので、宗吾はくすりと笑った。

「いいや。甘いと言ったのは、この新婚生活のことさ」

二次会が終わって早々に参加者たちが帰ったおかげで、時間ならたっぷりあった。

二人の新婚初夜はまだ、始まったばかりなのである。

第二幕

家族未満旅行

1

たたんだビーチパラソルを両腕に抱えて運んでいると、乾いた砂に足が沈んでつんのめった。額から垂れた汗が目に入ったけれど、パラソルから手を離すこともできずに、落合千代子は痛む目を必死でしばたたいた。

ここは千葉県東部の太平洋沿岸に位置するグランド・パシフィック・ホテル、通称GPホテルのプライベートビーチ。晩夏の陽《ひ》も傾《かし》ぐ午後五時、海水浴場の営業を終了する時刻ということで、ホテルの従業員がプラスチック製のテーブルやサマーベッドなどの備品をせっせと片づけている。ポロシャツにハーフパンツという動きやすそうな格好のそれらスタッフに交じると、ベルガールの制服を着た千代子は明らかに浮いていた。

本来ならば、これはベルガールの千代子の仕事ではない。が、今年の四月にGPホテルに就職したばかりの新人であることに加え、ベルガールの職務もろくにまっとうできない千代子なので、《まだ役に立つ》ということで、この夏は何度となくビーチの片づけに遣わされていた。

三つ子の魂《たましい》百までとはよくいったもので、幼少期から常に千代子を特徴づけてきたそそっかしさは、二十歳を過ぎたいまでも抜けない。今日も宿泊客のスーツケースを客室に運ぶ途中、廊下で転倒し、スーツケースだけを滑らせて宿泊部——宿泊客への対応を主な業務とする部署——の上司に大目玉を食らったばかりである。目撃者いわく、転んだ千代子の手を離れたスーツケースが廊下を勢いよく走り抜けるさまは、さながらカーリングのようだったという。

自分なりには真剣に働いているつもりが、そんな有様なのだから泣けてくる。入社一日目にして先輩社員より授けられた《おっちょこちょこ》なるあだ名も、じわじわと職場じゅうに浸透しつつあるようだ。汗のせいかそれとも心の問題か、とにかく千代子がまばたきを繰り返しながらよろよろしていると、背後から声がかかった。

「おっちょこ、何泣いてるんだよ。そんなにこの仕事が嫌か」

振り返ると、二宮宏人が立っていた。

白いデッキチェアを抱え、暑いのに汗の滴ひとつ垂らさず涼しげに立つこの人は、五年前のGPホテル開業当初から勤め続ける先輩社員である。職務において有能であるだけでなく、中性的な顔立ちと、染めていないにもかかわらず色の薄い髪を軽やかに流したそのさまは、下手《へた》をすればアイドルグループの一員にすら見えるほど爽やかだ。が、見た目に騙《だま》されてはいけないことを、千代子は痛いほど思い知っていた。

何しろ千代子に《おっちょこちょこ》などという失礼なあだ名をつけたのが、この先輩なのである。以来、彼は千代子に仕事を教える役回りでもないはずなのに、何かにつけて千代子のもとへやってきてはダメ出しをしてくる。それがあまりに悔しいので、千代子はかねて二宮にも何か欠点がないかと探しているのだが、あいにくとそちらのほうは見つからない。もっともほかの社員の噂では、彼にもわかりやすい欠点があるらしい。けれどもそれがいったい何なのか、千代子は見抜くことができずにいる。

二宮の仕事はコンシェルジュとして宿泊客にさまざまな案内をすることだが、そうはいってもコンシェルジュの業務が一日じゅう控えているわけではないので、こうしてほかの業務に回されることも多い。今日はたまたまビーチのほうの人員に不足が出たので、千代子とともに片づけを手伝っているのだった。いつでもじゅうぶんな人員を確保できないのは、経営難にあえぐGPホテルの宿命である。それでもいまは夏休み期間ということもあり、客はいくらか増えて繁忙期といえないこともなかった。

「泣いてませんよ。目に汗が入っただけです」

千代子は前を向いて言い返す。後ろで二宮が「ま、こんな仕事、誰だって嫌になるよな」とつぶやくのが聞こえた。強がりとみなされてしまったようである。

倉庫の隅にパラソルを寝かせ、千代子は手についた砂をパンパンと払う。

「ていうかこれ、毎日片づける意味あるんですかね」

倉庫といってもトタンの屋根が鉄パイプに支えられているだけの、きわめて簡素なものである。一応、すべての備品を運び込んだあとで鉄パイプのあいだに鎖を渡すことになってはいるが、その気になれば備品を盗み出すことなど造作もなかった。

「出しっぱなしにしておくよりはいいだろ。最低限、雨と日光は防げるわけだし」

二宮はパラソルの隣にデッキチェアを置き、首をコキコキと鳴らした。千代子が振り返ると、砂浜はフィナンシェの底のように平らになっている。備品の片づけは済んだらしい。今日の海はとても穏やかで、ひとつずつの波がこちらまで澄んだ音を響かせている。

「でも、このためだけにわざわざ、ホテルから片道十分もかかるビーチにあたしたちを派遣するなんて……」

「よっぽどこの仕事が嫌になったらしいな、落合」

そうじゃないですけど、と千代子は、自分でも本心かどうかよくわからないことを口にした。

　このプライベートビーチの存在は、GPホテルの売りのひとつだった。とはいえ、日本の法律によればこの国の海岸は国有財産であるので、本当の意味での《私的所有《プライベート》》というわけではない。ただ、このビーチは周囲を切り立った崖に囲まれており、元々立ち入るのが困難だったところを、GPホテルが開業に合わせてホテルの建つ崖の上から砂浜まで下りる道を作ったことにより、事実上のプライベートビーチと化した。人の立ち入りが少ないために美しさを保った砂浜と海の景観は、ホテルのパンフレットやホームページをどんと飾っている。

　ところがこのプライベートビーチというのが、宿泊客にはことのほか不評である。何といってもホテルとビーチのあいだを崖が隔てているのであり、その中でも比較的低い箇所に設けられた階段へはぐるっと迂回《うかい》するようなルートをたどる必要があり、ホテルの駐車場を出発してから砂浜に下り立つまで延々十分も歩かなくてはならないからだ。道の大半は足場が悪くて急ぐこともできず、さらにどれだけ泳ぎ疲れていようとも、帰りは同じ道を今度は上らなくてはならない。しかもこのビーチは東向きなので、サンセットを望むことも叶《かな》わないのである。プライベートビーチというフレーズは半ば詐欺的に用いられ、その実態は宿泊客の期待を大幅に裏切るものといえた。

落合さ、と二宮は足元の砂を軽く蹴る。

「この仕事に意味があるのかとか、そんなことばっか考えながら働いて、空しくならない？」

「どういうことですか」

砂にできた窪《くぼ》みの周囲を踏み固めるように、二宮は足を動かす。

「何も考えないで、指示されたことを機械みたいに淡々とこなすんだよ。仕事ってそういうもんだろ。よけいなこと考えるのは、よっぽど暇で退屈してるときか、自分の能力に見合わない簡単な仕事しかさせてもらえず余力があるときだけでいい」

そう言われると、ミスの多い千代子に《余力》などという言葉は似つかわしくない。が、二宮のあまりに投げやりな言い草を呑み込むのは癪《しゃく》で、千代子は自身も足元の砂を蹴りつつ反論した。

「無理ですよ。あたし、機械じゃないですもん。人間ですもん」

「そうだな。もし落合が機械なら、欠陥多すぎてとっくに廃棄処分されてる」

「ちょっと、その言い方ひどくないですか」

「おい、何こっちに向かって砂蹴ってんだよ。やめろよ」

「やめろって言いながら、自分も蹴り返してるじゃないですか」

「そっちが先に蹴ってきたからだろ――」

「そこの二人。鎖をかけるのに邪魔なんだけど」

と、ビーチの管理を任されている男性スタッフに叱られ、千代子と二宮はそそくさとその場を離れて崖のほうに寄った。仕事中にいちゃつくのはやめてくれ、と追い打ちをかけられ、二宮は顔を赤くしている。

「落合のせいで怒られたじゃないか。落合は怒られ慣れてるだろうけど、オレは落合さえいなけりゃ怒られることなんてないんだからな」

「別に、怒られ慣れてるなんてことは……」

「慣れてるだろ。じゃなきゃあれだけ怒られて、仕事が嫌にならないはずがない」

「それはですね」千代子は右手の人差し指を立てた。「考え方の問題ですよ。あたしだって、怒られて何も感じないわけじゃありません。人並みに傷ついたりもします。でもね、それはもう受け入れるしかない。だって昔からそそっかしくて、さんざん怒られてきたんですもん。いまさら自分のそういう気質を直そうったって無理なんです。だから、考え方を変えることにしたんですよ」

「考え方？」

「あたしね——人生には、同じ量の幸福と不幸とが含まれていると思うんです」

二宮がぽかんと口を開けたが、千代子は意に介さない。

「だから、もしも今日怒られて嫌な思いをしたら、明日にはそのぶんだけいいことが返ってくるって考えるんですよ。明日がもっと悪い日だったら、あさって以降にもっともっといい日が来る。そんな風に考える癖をつけたら、小さなことでくよくよせずに済むようになったんです。あたしにとって今日の不幸は、明日の幸福のプリペイドなんですよ」

「つくづくおめでたいやつだな、おっちょこは」

なじられているのかと思いきや、二宮は苦笑していた。

「ときどきうらやましくなるよ、その呑気《のんき》さが。オレは仕事ぶりは完璧だけど——」

それを自分で言うのか。「それでもこの仕事が嫌になって、やめちゃおうかなって思うときもあるのに」

「えっ。二宮さん、仕事やめちゃうんですか」

「……なんかうれしそうだな、おっちょこ」

そんなことはない。確かに二宮は千代子にとって苦手な先輩だし、千代子が上司に怒られるたびいちいち嫌味を言ってくるし、さっきいちゃついてると言われたときみたいに千代子と仲がいいという扱いを受けたら全力で否定するところにも腹が立つけれど、でも、だからといって《さっさとやめちゃえ》と思ったなんてことは、断じて。

「機械みたいに仕事してるのに、やめたいと思うことがあるんですか」

言い返しながらも、千代子は二宮のいくつかの台詞を思い返していた。仕事が嫌になる——彼が今日、繰り返しその言葉を使ったのは、洩れ出る本心だったのか。

「オレはまぁ、余力があるからな」事実だろうが、自嘲気味である。「だからこそ、なんだろうけど。こんなホテルで働いてたって、やりがいもなけりゃ将来性もないだろう。うんざりすることも多いし、やめてしまおうかと思う日もある。特に深い理由はなくても、な」

「そんな。せっかくお客さんが、ちょっぴり増えてきたところじゃないですか」

夏の繁忙期であることを差し引いてなお、このところGPホテルの利用客が増えていることは、前年同期の業績と比較しても明らかだった。千代子はその事実を持ち出して二宮を鼓舞しようとしたのだが、

「あれは大原さんが流したバカみたいな噂のせいだろうが」

そう、一蹴されてしまった。

春ごろからインターネットの掲示板やSNSを中心に、GPホテルには出るらしい、という噂がにわかに広まっていた。何でも、トイレで髪の長い女性の幽霊を目撃する客があとを絶たないのだそうである。普通のホテルならそんな噂は打撃になりそうなものだが、元々客の少なかったGPホテルでは、物好きな客が来てくれるようになったおかげで皮肉にも業績が上向いた。

千代子たちはこの噂の出所が、GPホテルのフロント主任を務める大原俊郎ではないかとにらんでいる。噂は明らかに、春ごろ大原や千代子たちを襲った騒動を受けてのものだったし、大原は御年五十にしてそういう、いたずらめいたことをしかねない茶目っ気をそなえているからだ——もっとも、この件について問いつめると彼は、いつも笑って取り合わないのだが。

「幽霊なんて出やしないんだから、噂だってじきに立ち消えになる。客は減って、元の崖っぷちホテルに逆戻りさ」

「崖っぷち、かぁ……」

千代子がふと、そばにそそり立つ崖の突端を見上げた、そのときだった。

「——わたしたち、もうおしまいなのね」

頭上から声が降ってきて、千代子は二宮と目を見合わせた。

千代子が首を伸ばすと、崖の上にかろうじて女性のものらしき後頭部が見えた。すぐに、もうひとつの声が聞こえる。

「しょうがないよ」

「わかってる。おしまいだってわかってるけど、このまま帰っちゃったらわたしたち、きっともう会うこともないのよ」

女性はいら立ちを隠せない様子で、そこらをうろうろと歩き回っていた。千代子のいる位置からは、頭が見えたり引っ込んだりしている。

もうひとつの声は女性のものよりも小さくて聞き取りづらいが、一応は男性のものらしく思われる。

「しょうがないよ」

「そんなの嫌！」

「――別れ話、ですかね？」

千代子は隣の二宮にささやいた。二宮は眉間にしわを寄せている。

「内容だけ聞くと、確かにそのようだけどな……」

二宮が続けて言わんとしたことが、千代子にも想像できた。別れ話らしいがしかし、それにしてはあまりに――。

女性のヒステリックな声は続き、男性が何もかもあきらめたような声で時折、しょうがないよと相槌《あいづち》を打つ。千代子と二宮は無言で耳を傾け続け、気がつけば十分ほどもその場にとどまっていた。

「とにかくわたし、そんなの認めないから！」

短い沈黙のあとで女性が叫び、ひとつの足音が遠ざかっていく。なぜか緊張していた千代子は、ようやくほっと息をついた。

「追いかけましょうか。片づけも終わったことだし」

千代子が言うと、二宮は呆れを露《あら》わにした。

「は？　どうして追いかけなきゃいけないんだよ」

「気になるじゃないですか。それに別れ話だなんて、不幸の香りがするでしょう。今日の不幸は、明日の幸福のプリペイドなんですよ」

「落合が不幸なわけじゃないだろうが。いまのそれは、他人の不幸は蜜の味っていうんだよ」

軽蔑の眼差しを千代子に向けたあとで、二宮はふいに真顔になる。

「ていうかオレたち、別れ話だと思い込んでるけど……あれ、本当に別れ話だったんだろうか」

「何言ってるんです。あんな台詞、別れ話以外にないでしょう」

「まぁ、内容はそれらしかったけどさ。でも、さっきの二人の声――」

二宮がもう一度、足音の消えた崖のほうを見上げながら、ぽつりと言った。

「どう聞いたって、ありゃ子供だったぞ」

2

――冗談じゃない。

ビーチに面した崖を離れてホテルへと戻る道すがら、わたしは決意を新たにした。

絶対に、このまま帰ってなんかやらないんだから。

夏休みの最後に、思い出作りと称して、GPホテルへ一泊二日の旅行にやってきた。パパが車を運転し、助手席にはママ、そして後部座席にわたしと弟の建太《けんた》。天気にも恵まれ、おうちからおよそ二時間のドライブは快適だった。

昨日はホテルに荷物を置いたあと、近くの水族館に出かけた。数えきれないくらいたくさんある水槽の中で泳ぐ魚たちを見て歩き、イルカショーに手のひらが痛くなるほど拍手を送り、お土産《みやげ》のコーナーではパパにペンギンの形をした目覚まし時計を買ってもらった。その時計の機能が気に入ったわたしはどうしても欲しくなったのだけど、ママはわたしがお金のかかるものを欲しがるとすぐ怒るので、黙ってじっと見つめているしかなかった。すると、そんなわたしに気づいたパパが、ママに内緒でこっそり買ってくれたのだ。わたしがパパに抱きついて、宝物にするよと言うと、パパはうれしそうに笑っていた。

夕方にはホテルのビーチへ行ってみた。水族館に長居しすぎて予定より遅くなり、それでもわたしは泳ぐ気満々だったのに、水着に着替えようとしたらママに、バカね明日にしなさい、と怒られた。仕方がないので砂浜や崖のあたりをぶらぶら歩いただけだったけど、昼間にはしゃぎすぎて火照《ほて》った肌に当たる潮風がとても心地よかった。

今日はもちろん海水浴をした。この日のために、中学校の水泳の授業で着るようなダサいものではない、ワンピース型のかわいい水着を買ったのだ。ビーチは人も少なくて、建太と思いっきりはしゃぐことができた。ホテルでレンタルした浮き輪に入って波に揺られていると、視界に入るものは青い空だけになって、わたしの体は隅々まで夏に満たされた。時間はほとんど止まってしまったみたいに、のんびりと流れていた。

そんな、楽しくて幸せだった旅行も、もうすぐ終わりを迎えようとしている。わたしはそれがたまらなく嫌だった。楽しくて幸せな時間だったからこそ、このまま終わってしまうのは耐えられない。それは建太も同じ意見のようだった。

予定では夕方の五時にホテルを出発するはずだった。わたしは車に荷物を積み込んだところで、最後のあがきとしてあと三十分、建太と二人で散歩をさせてほしいとお願いした。ママは案の定、だめよ帰りが遅くなるでしょうと言って怒ったが、パパはいつもどおりわたしの味方でいてくれ、いいじゃないかもう少しくらい、と理解を示してくれた。二時間も運転すれば帰れるのだから、と。結局ママが折れ、わたしと建太は三十分間の猶予を与えられた。

その三十分が、あと残りわずかとなっている。わたしはビーチの手前の崖まで下りて時間を過ごし、いまはこうしてホテルに戻るところだ。建太はわたしの後方におり、少し遅れて追ってくるに違いなかった。

ホテルの駐車場にたどり着く。ビーチへ下りる唯一の道はここから延びていて、行きも帰りも必ずここを経由することになっている。百台でも二百台でも車の入りそうなだだっ広い駐車場だけど、車は繁華街の夜空に浮かぶ星みたいにぽつりぽつりとしか見られず、もの寂しかった。

パパの車は駐車場のちょうど真ん中にある。色は白で、漢字の凸みたいなボディの形状はセダンというらしい。今日あれに乗って帰らなきゃいけないことを思うと、故障もなく普通に動くことさえ恨めしかった。

その車のまわりに、三人の大人が集まっていた。パパとママ、そしてもうひとりはホテルのフロントで見かけた、従業員の太ったおじさんだ。一様に、困惑した表情を浮かべているのが遠くからでも見て取れた。

わたしは車のほうに歩み寄り、ママの背中に声をかけた。

「ママ」

ママはこちらを振り向くと、わたしの背後を探るように視線をさまよわせた。

「唯《ゆい》、建太ちゃんは一緒じゃないの？」

「あとからついてきてる。もうすぐ追いつくはず」

「どうしてひとりにするの。面倒見なきゃだめじゃない」

ママはそう言って怒るが、建太はもう小学五年生なのだ。中学一年生のわたしとは二歳しか変わらない。そこまで子供扱いしなくてもいいんじゃないのと思ったが、とりあえずごめんなさいと謝っておいた。

「それで、何かあったの？」

あらためて訊ねたわたしに、答えたのはパパだった。

「車上荒らしに遭ったみたいなんだ」

「車上荒らし？」

「十五分くらい前かな。カーアラームが……車の防犯用のアラームがね、鳴ったんだよ。そのときパパたちは車を離れてロビーにいたんだけど、こちらのフロントの方が──」パパは太ったおじさんに目をやる。「教えてくれて、慌てて見に来たら運転席の窓が開いていた。そして、トランクからはパパのキャリーバッグがなくなっていたんだ」

「唯、何か見なかった？　キャリーバッグを抱えた怪しい人影とか……」

ママに問われ、わたしは首を横に振った。

「いまがだいたい五時半だから、十五分前というと五時十五分ごろだよね。わたし、そのころはビーチに近い崖のあたりにいたから何も見てない」

「そう……」

元々わたしに何らかの手がかりを期待していたわけではなかったのだろう。ママは低い声でうなり、車のほうに向き直った。

「何とか、犯行について調べてもらえませんかね」

パパが従業員のおじさんにすがりつくも、おじさんは眉を八の字にしている。

「すみませんねぇ。あいにく、駐車場には防犯カメラを設置していないんですよ。そちらの看板にもあるとおり、駐車場での盗難その他のトラブルにつきましては、当ホテルでは一切責任を負いかねますので」

「まったくもう、なんて冷たい対応なのかしら。せっかくの旅行だったのに、どうしてこんなホテルにしてしまったんだか……」

ママが吐き捨てたこの台詞で、パパがしょんぼりしたのがわかった。今回の旅行の計画を立てたのはパパだったからだろう。わたしはパパがかわいそうになったけど、かばうようなことを言えばママがますます怒り狂うことは目に見えていたので、口を閉じていた。

「あきらめるしかなさそうね。どうせキャリーバッグの中に、大したものは入れてなかったんでしょう。貴重品はそっちのカバンに入れてあるのでしょうし」

肩に担いだカバンをママに指差され、パパは悲しげにうなずいた。

「きみの言うとおり、キャリーバッグに入れてあるのはせいぜい着替えとお土産くらいのものだよ。惜しいことは惜しいが、なくなって困るほどのものじゃない」

「でも、パパ――キャリーバッグに、おうちの鍵を入れたって話してなかったっけ？」

わたしの発言に、大人たちがいっせいにこちらを向いた。

「ほら、昨日ここへ来る途中、そんなことを話してたよね。建太に言われたからって」

「そうだ……旅行中は必要ないから、キャリーバッグに移し替えておいたんだった」

みるみる青ざめるパパに、ママが激しく詰め寄った。

「どうしてそんなよけいなことしたのよ！」

「だって、持ち歩いてたらまたどこで落としたりするかわからないし……キャリーバッグなら、ホテルに置いておくだけだろう。そのキャリーバッグのロックはダイヤル式で鍵をなくす心配もないから、一番安全だと思ってたのに……まさか、バッグごと盗まれるなんて」

パパにはちょっとぼんやりしたところがあり、それは中学生のわたしから見てもときどき心配になるほどだった。頻繁にものを落としたりなくしたりしてはうろたえ、周囲をハラハラさせる。本人もその傾向を自覚しているので、とりわけ大事なものについては紛失しないよう、人一倍気を遣っているらしいのだ。

昨日もその点を建太に指摘され、彼の提案にしたがって鍵をキャリーバッグに移したのだということを、パパは行きの車の中で話していた。建太はまだ小学生だけど、さすがは血のつながった息子というか、ぼくのことをよく理解してるから、うまくサポートしてくれて頼りになるよ——と、ハンドルを握りながらうれしそうに語っていたパパは、まさかそのせいで翌日、こんな窮地に立たされるなんて思いもよらなかったに違いない。

「あなたって人は本当に……貴重品の管理も自分でできないわけ」

「しょうがないだろう。車上荒らしに遭うケースまで、いったい誰が想定するんだよ。だいたい、キャリーバッグに鍵を入れておくのが気に食わなかったのなら、昨日その話をした時点で言えばよかったじゃないか」

「私、そんな話聞いてないわ。あなたの運転は下手で酔うから、ほとんどずっと寝てたんだもの」

「いいよな、きみは。旅行の計画もこっちに丸投げ、運転も全部させておいて、トラブルが起きたときにだけ文句を言えばいいんだから」

「何よ、その言い方。そういうの、逆ギレって言うのよ」

「逆なもんか。正当な批判だ」

「ま、まあまあお二人とも落ち着いて……しかし、大変なことになりましたな」

言い争うパパとママをとりなして、従業員のおじさんは口ひげのあたりをかいた。パパはうなだれ、ママはいら立たしげに爪先でパタパタと地面を叩いている。

そんな大人たちの陰で、わたしはひとり、ひそかにほくそ笑んでいた。

いいいい、うまくいったわ――これで、このままおうちに帰らなくて済むかも！

3

「……イマドキの子はませてますからねー。あたしが中学生のころだって、誰かと付き合ってる同級生なんていくらでもいましたよ」

千代子が息を弾ませながら言うと、二宮が後ろで《うーん》とうなった。

「でも、よくしゃべってたほうの女の子は中学生でもわかるとして、もうひとりの声も高かったぜ。声変わり前の男の子って感じだった」

「中学生になっても、まだ声変わりしてない男子は普通にいますよ。よしんば小学生だったとして、それが何なんです。恋愛に年齢は関係ないんですよ、二宮さん」

「わかったような口を利くなよ。彼氏いないくせに」

「人のこと言えたクチですか。知ってるんですよ、二宮さんもフリーなの」

「う、うるさい。ほっといてくれ」

ホテルへ戻る崖の上の道を、千代子は足取りも軽く進んでいく。ついてくる二宮は渋々といった体だが、何だかんだで付き合いはいい。途中で声のした崖のほうをのぞいてみたが、やはりもう誰もいなかった。

「そんなことより……二宮さん、ＧＰホテルをやめてどうするつもりです？」

崖の上の会話に気を取られる直前、二宮の口から飛び出した発言を、千代子は再び取り上げる。何となく、聞き流して済ませたくなかった。

「やめるとまでは言ってないよ。やめようかと思うときもあるってだけで」

ぼそぼそと言い返す二宮を、千代子はなおも問いつめる。

「やめようかと思うときもあるってことは、やめちゃう可能性があるってことですよね。仮にやめるとしたら、その後はどうされるんですか」

「そうだなぁ……ま、何か別の仕事に就くだろ。オレ、有能だし」

自分で言うあたりが鼻につくけれど、確かにそのとおりなのである。

「そもそもそんな有能な二宮さんが、どうして崖っぷちホテルなんかに就職したんですかね」

悔しまぎれに放った言葉を、二宮は一笑に付した。

「だから、オレはオープニングスタッフなんだって。まだ実務経験もない新人に、オープン前のホテルの将来性まではさすがに見抜けなかったさ。開業から五年も経たずに《崖っぷち》と揶揄されることになるなんて、誰にわかる？」

「あ、なるほど……だけど、本当にやめちゃったら寂しくなりますね」

「せいせいするって、顔に書いてあるぞ」

「そんなことないですよぉ。後ろからじゃあたしの顔、見えないでしょう？　ちゃんと寂しいって書いてあるはずです。あたしの顔にも、あたしと会えなくなる二宮さんの顔にも」

「誰が落合のことなんか寂しがるかよ。そこまで言うなら顔、見せてみろ――」

　二宮が千代子の肩に手をかけた、そのときである。

　道の脇の茂みで突然、ガサガサと何かの動く音がした。千代子は反射的に、二宮を盾にする位置まで飛び退《の》く。

「な、何ですかいまの……まさか、髪の長い女の幽霊」

「そんなわけないだろ。おっちょこ、ここでまた、あのときみたいなことやらかしたら置いていくからな」

　極度の怖がりである千代子は今年の春、いもしない幽霊におびえるあまり、勤務中にとんでもなく恥ずかしい失態を演じてしまったのである。

「幽霊じゃないとしたら、野生動物ですかね」

「犬や猫よりは大きなものが動いた気配だったがな……」

「ちょっと、二宮さん行って確かめてきてくださいよ」

「何でオレが。落合行けよ」

「だってあたし、怖かったらまたこの前みたいになっちゃうかも。それは嫌」

「オレだって嫌だよ。万が一獰猛《どうもう》な野獣か何かで、襲われて大ケガしたらどうするんだよ」

「そのときはあきらめて、入院でもしてください。たいていのケガは治ります」

「薄情だな。会えなくなったら寂しいって言ってたくせに」

「寂しくないわ。せいせいするわ」

「落合、このやろう――」

二人が揉《も》み合いになった、次の瞬間。

茂みから、思った以上に大きな何かが飛び出し、千代子は悲鳴を上げた。

「ぎゃあ！」

「……あ、すみません」

現れたのは、見たところ小学校高学年くらいの男の子だった。Tシャツにハーフパンツにサンダルという、いかにも小学生らしい格好をしている。

千代子は全身のこわばりを解いた。

「もう、びっくりさせないでよ！」

「え、あのぼく、そんなつもりじゃ」

「ん？　その声——」

二宮が男の子と向き合い、訊ねた。

「きみ、もしかしてさっき、崖の上で女の子としゃべってた？」

それで千代子もはっとした。言われてみれば、先ほど女の子をなだめるように《しょうがないよ》と繰り返していた、あの声と同じ声なのである。

「崖……あぁ、はい。しゃべってました」

男の子の返答に、二宮はうなずく。

「やっぱり。いや、盗み聞きする気はなかったんだけどさ。自分たちが崖の下にいたもんだから、声が聞こえちゃって……ほら、何というかその、わけありっぽい感じだったから」

「そうですね。ちょっとまぁ、いろいろありまして」

男の子は苦笑する。その表情に、ひねた印象を千代子は受けた。

「ねぇ、きみ」と千代子。「さっきの女の子はどこへ行ったの？」

「えっと、たぶん先にホテルに戻ってると思います」

「戻ってる……ということは、二人ともGPホテルに泊まってるお客さまなのね」

「はい。ゆうべ一泊して、今日はもうチェックアウトしましたけど」

そういえば、仕事の途中で見かけたような気もする。

「じゃあ、もしかして二人は、うちのホテルで出会ったのかな」

千代子はあらかた状況が見えたと思いつつ、男の子に確認してみた。ところが彼は、質問の意図がわからないという顔をしている。

「ホテルで出会った……ですか」

「だからさ、二人はここ、GPホテルでたまたま出会って、恋に落ちたんでしょう。だけど今日はもう、帰らなくちゃいけない。せっかく両想《りょうおも》いになれたのに、このまま遠く離れたそれぞれの家に帰ってしまえば、二度と会えることもなさそう。それでさっき、別れ話をしてたんだよね？」

この考えに、千代子は少なからず自信を持っていた。

ところが男の子には、まったく相手にされなかった。彼はいかにも心外そうに、ホテルのある方角へと首を回し、言ったのだ。

「さっき、崖の上にいた女の子は——唯ちゃんは、ぼくのお姉ちゃんですよ」

4

「ところで——」

険悪な空気を割って、従業員のおじさんが唐突にしゃべり始めた。

「見たところ車上荒らしといっても、車にこじ開けられたような痕跡はないようですなぁ。犯人はどうやってトランクを開け、キャリーバッグを盗み出したんでしょうな。たとえば、車のスペアキーはどこにおありで？」

「自宅にあると思いますが……」

パパの答えに、おじさんはふむ、とうなずく。

「それじゃ、初めからロックされていなかった？」

「あなた、荷物を積んだあとできちんとロックしたんでしょうね」

ママにぎろりとにらまれ、パパは意味もなく車のキーを取り出した。

「ロックした……と思う。あらためて問われると自信がない」

防犯ブザーを連想させる、黒くて楕円形《だえん》の車のキー。ドアやトランクのロックがボタンひとつで済み、エンジンをかけるのにカバンからキーを出す必要さえないこのシステムを、スマートエントリーというのだとパパがいつか教えてくれた。

「どうしていつもそう注意散漫なのよ。あなたのそんなところが、一緒に暮らしててイライラするの」

「車のドアをロックしたかどうかなんて、いちいち憶えてないよ。そんなこと言うなら、きみも確認すればよかったじゃないか――」

「ちょっとちょっと、お子さんが見てますよ」

おじさんはこめかみに汗を垂らしてパパとママのケンカを仲裁する。ママたちよりはだいぶ歳上のはずなのに、どうにも情けないおじさんだ。

「悪いのは車上荒らしなんですから、感情的になるのはやめましょう。お二人とも、まるでいますぐ離婚でもしてやろうかという剣幕じゃないですか」

「あら、私はこの人と離婚なんてしていませんし、これからもすることは絶対にありませんのよ」

気に障ったのか、ママは引きつった笑みでおじさんに言い返した。

口をはさんだらママに怒られると思ったので、わたしはしばらく黙っておいた。けれど、このままではパパがかわいそうだ。仕方なく、わたしは助け船を出した。

「あのね、ママ。カーアラームが鳴ったんだから、単なるロックのかけ忘れってことはないと思うの」

するとママは、虚を衝かれたような顔をした。わたしを怒ったりはしなかった。

「それもそうね……そもそも窓が開いているのだから、犯人はどうにかして窓を開け、そこからトランクを開けるレバーを操作したと考えるべきよね」

パパがほっと息をつくのが見えた。よかったと思う一方で、自分で車を運転するのに、中学生に指摘されるまでこの程度の反論すら考えつかないのはどうなんだろう、とも感じてしまう。いかんせん、パパは頼りない。

「私、車のことはそんなに詳しくないけれど、外側から窓を開ける方法があるのかしら。ガラスを割られているわけではないみたいだし……」

ママのこの発言にはしかし、おじさんが首をかしげる。

「容易じゃないと思いますがね。少なくとも、私は聞いたことがない」

「ですよね……さすがに窓を閉め忘れていれば、私も気づいたと思いますし」

「ふむ。ところで、盗まれたのはキャリーバッグのみですか」

この質問にはパパが答えた。

「間違いありません。ほかにめぼしい荷物は積んでいませんでしたしね。財布などの貴重品は、この中に全部入れてますから」

　パパが肩のカバンをぽんと叩くと、なぜかおじさんもつられたように、出っ張ったお腹をぽんと叩いた。

　気詰まりな沈黙が流れる。駐車場を出ていく赤い車を目で追いながら、ママが髪の毛をぐしゃぐしゃにした。

「どうするのよ。盗まれたものが返ってくるなんてこと、あるわけないじゃない。ここは駐車場なのだから、キャリーバッグを車で運び出されてたらもうおしまいだわ」

「どうするったって……」パパはいまにも泣き出しそうだ。「とりあえず、家の鍵のことは明日にでも管理会社に連絡してみるよ。今夜さえ、どこかでしのぐことができれば」

「ひと部屋ご用意しましょうか。空きはありますよ」

　商魂たくましい、とでもいうのだろうか。おじさんの提案は、わたしにとってはなかなかに魅力的だった。ところがママは、躊躇《ちゅうちょ》なく首を横に振った。

「それには及びませんわ。帰ることは帰ります」

「そうですか。まぁ、明日の生活もあるでしょうからな」

けれどもわたしは、このままGPホテルに延泊というのも悪くない展開だと思うと、簡単にはあきらめきれなかった。そこで、あくまでもそれとなく口に出してみた。

「もう一晩くらい、泊まっていってもいいんじゃない？」

結論から言えば、これがよくなかった。

「——唯。あなた、帰りたくないって顔してるわね」

ママがこちらに向けたのは、疑いに満ちた眼差しだった。

「それはだって、楽しい旅行だったから……」

冷や汗をかきつつ、わたしは取りつくろう。だが、それで納得するようなママではなかった。

「私たちが車を離れていたのは、荷物を積み込んだ五時からカーアラームが鳴る五時十五分までの、およそ十五分間だったわよね。たったそれだけのあいだに、車上荒らしが発生した」

「荷物を積み終えたわたしたちが車から離れたのを見て、犯人は犯行に及んだのね……」

何とかママの話の向かう先を真実から遠ざけようとするけれど、ママの思考は重たい岩のようにどんと居座って動かない。

「予定どおり五時に出発していれば、車上荒らしに遭うこともなかった。そして、その出発を妨げたのは唯、あなただったわね」

「お、おい、きみは何が言いたいんだ」

うろたえて制止しようとするパパの声も、ママの耳には入らないようだ。

「唯は昔から、妙な知恵のはたらく子だったわね。ピアノの習い事をしていたときは、日課の練習が面倒だからって、私が買い物に出ているあいだに練習を済ませたことにしていた。むろん私は疑うけれど、家のキーボードの譜面台に立てられた楽譜のページがめくられていたり、椅子の上にある荷物が動かされたりしていたものだから、強くは言えなかった。そこまで計算ずくで、あなたは小細工をしていたのよね」

まだ、小学校に入りたてのころである。証拠が残らないのをいいことに、わたしはその手を使って何度も練習をサボった。けれども最終的に、ママの仕掛けた罠《わな》にはまってわたしの嘘はばれてしまった。その日ママは買い物に出かける際、こっそりキーボードのアダプターを外しておいたのだ。電源を入れることさえしなかったわたしは、アダプターが外されているとも知らず、いつものように練習したと嘘をついてママにこっぴどく叱られた。

「こんなこともあったわ。小学生だったあなたはあるとき、帰りに不審な男につけられて怖い思いをしたと言った。それから数日おきに、あなたは今日もあの男が帰り道にいたと言って震えた。心配した私は、あなたに携帯電話を持たせることを検討した。けれども男が出没する回数が増えるにつれ、私はあなたを見張っていればいつかその男に遭遇し、何らかの対処が取れるのではないかと考えた。そこで私は何日か仕事を休み、授業が終わるころを見計らって小学校の近くで待機し、自宅へと帰るあなたをこっそりつけた。私は一度として、不審な男を目撃しなかった。ところがあなたはその間に二度、男につけられたと言ったのよ――私が事情を説明したうえで、男なんていなかったと言ったら、あなたは嘘をついていたことを認めた。理由を問いただすと、携帯電話が欲しかったからって」

こちらはつい昨年の話だ。友達が携帯電話を持っているのを見て、わたしは自分も欲しくてたまらなくなった。だけどママにそんなことを言えば、携帯電話なんてお金のかかるものはダメ、と怒られるに決まってる。

そこでわたしは一計を案じた。携帯電話を欲しがっていることはおくびにも出さず、安全のため娘に携帯電話を持たせざるを得ない状況を作り出そうとしたのだ。ことは思惑どおりに運ぶかに見えたけれど、あと一歩のところで嘘がばれ、わたしは頰を強くぶたれた。そのときのママはめずらしく涙目で、わたしは一番ついちゃいけない種類の嘘をついてしまったことを知った。以来、携帯電話が欲しいとはとても言い出せず、わたしはいまでも持たせてもらえずにいる。

　妙な知恵がはたらくとママは言うけど、それはママがちょっとしたことでもすぐにわたしを怒るからだ。少しでも怒られる機会を減らすために、わたしなりに悪戦苦闘してきた結果なのだ。大人はすぐ、叱るのも親の愛情などといってまやかすけど、わたしだってこの歳にもなれば、自分が悪いから怒られているのか、はたまた八つ当たりされているだけなのかといった区別くらいはつけられる。

　そう、ママはいつもわたしを怒りたがっていた。怒りたがるということは、普段からわたしを疑う癖が染みついているということでもある。忘れていたわけじゃない。むしろ疑われることを見越して、わたしはここまで行動してきたつもりだ。

　でも、先の一瞬だけわたしは、ママのそんな性格を甘く見積もりすぎたようだ。

「妙な知恵がはたらくから、何だって言うの」

　もはや純朴な少女を演じる段階は過ぎた。わたしが上目遣いで向けた視線を、ママは受けて立つとでも言わんばかりにはね返し、告げた。

「ひょっとして――キャリーバッグを盗んだのは唯、あなたなんじゃないの」

5

男の子は、名を建太といった。

間もなくホテルの駐車場に差しかかるというあたりを三人で歩きながら、千代子は先の建太の発言に混乱していた。

「じゃあ建太君は本当に、崖の上でしゃべってた唯ちゃんって子と姉弟《きょうだい》なのね」

「そうですよ。唯ちゃんはぼくの二つ歳上で、中学一年生です」

建太は平然とし、むしろ何を驚いているのかわからないとでも言いたげだ。

「だけど、それならあの会話はいったいどういう……」

二宮が訊ねようとしたときだった。

「——建太！」

駐車場へと抜けるやいなや、大きな声が飛んできて二宮の言葉をかき消した。駆け寄ってきた女の子を見て、千代子はまばたきをする。

「あ、さっきの」

「よかった、やっと戻ってきた。——この人たちは？」

《唯ちゃん》なる女の子は、怪訝そうに千代子と二宮を見ている。二人が制服を着ている以上、ホテルの従業員であることは説明するまでもないはずだ。どういう経緯で一緒にいるのか、と訊ねているのだろう。

「この二人がぼくたちの会話を、崖の下で聞いてたんだって」

建太の答えに、唯は二人の顔をちらりとだけ見た。

「そう。とにかく、ちょっとこっちに来て」

唯に手を引かれ、建太は駐車場の中央にとまっている白いセダンのほうへ走っていく。何とはなしに、千代子と二宮もそのあとを追った。

車のまわりには、三人の大人がたたずんでいた。そのうちのひとりが、千代子たちに声をかけてくる。

「おー、二宮君に落合君。何をしていたのかね」

フロント主任の大原俊郎である。今日も丸々とした太鼓腹を、手のひらでぽんと叩いている。

「ビーチの片づけに駆り出されて、たったいま戻ってきたところです。大原さんこそ、どうしてフロントを離れてこんなところに？」

二宮が言うと、大原はそばの車に目をやった。

「お客さまが車上荒らしに遭われたみたいでね。カーアラームが鳴ったもんだから、私が様子を見にきたんだ」

退屈していたのだろうな、と千代子は思った。大原はフロントの責任者でありながら、どうもフロントの業務に飽き飽きしているようで、何かと理由をつけてはフロントを離れたがる。カーアラームの件に関しても、部下に指示して行かせればいいものを、何かおもしろいことでも起きたんじゃなかろうかと、みずから率先してここまでやってきたに違いない。

「何でもお客さまは五時ごろ車に荷物を積み、そこでいったん解散したらしい。アラームが鳴ったのは十五分後のことで、来てみると運転席の窓が開けられ、トランクからはキャリーバッグが消えていたそうだよ」

「車上荒らし、ですか……」

ふと千代子が唯のほうに意識を向けると、ちょうど建太に事情を説明しているところだった。

「パパのキャリーバッグが車から盗まれたの。でね、ママったらわたしが盗ったんでしょう、なんて言うのよ。家の鍵が入ってるバッグを隠すことで、帰宅の予定を狂わせようとしてるんじゃないかって疑ってるの。建太、違うって言ってやって」

「ぼくと唯ちゃんは、ついさっきまで海辺の崖にいたんだよ」

建太の証言に、ママらしき女性は眉をひそめた。

「本当なの……？」

「本当だもん」

なおも疑われた唯が、着ていた薄手のパーカーのポケットに手を伸ばし、慌てて引っ込めた。ママはその仕草を見逃さなかった。

「そこに何か隠しているのね。出しなさい」

ポケットに入れるにしては大きなものが入っているのは、膨らみから一目瞭然だった。ただママは、いまの唯の動作で初めて不審を抱いたようだ。

痛恨といった面持ちで、唯はポケットに入っていたものを出した。それを見たママは、きょとんとしている。

「何これ……時計？」

唯が手にしていたのは、ペンギンの形をした、茶筒ほどの大きさのアナログ時計だった。

「あっ、唯、それは」

それまで黙っていた男性が狼狽《ろうばい》し、唯は彼に向けてぺこりと頭を下げる。

「ごめんなさい、パパ」

「あなた、何か知っているのね」

ママに詰問され、パパと呼ばれた男性は肩を落とした。

「昨日、水族館で唯に買ってあげたんだよ。欲しそうにしてたから、記念にってことで」

「そうやってすぐ子供を甘やかす！」

「いいじゃないか、実用品なんだから。きみがそうやって怒ると思ったから、ママには内緒だよって唯に言ってあったんだけど……」

揉め始める二人のかたわらで、唯が時計を操作した。するとペンギンの口から、ざあ、ざざぁ、と波の音が流れ出した。

「車に荷物を積んだとき、わたし、散歩に行きたいって言ったでしょう。本当は、この時計に波の音を録音したかったの」

「録音？」とママ。

「この時計、録音機能がついててね。好きな音や声を、十秒以内でマイクで録《と》って、それを目覚ましの音に設定できるの」

へぇおもしろい、と千代子は身を乗り出した。現在ではスマートフォンなどを用いて同じことが可能だし、わざわざそんなことをしようとも思わない。が、子供のころにこんなものを持っていたら、きっと喜び勇んでさまざまな音を録り、目覚ましに使っていただろう――もっとも、大人になったいまでも寝坊することの少なくない千代子にとっては、波の音などという穏やかな目覚ましではとうてい起きられる気がしなかったが。

「波の音なんか録ってどうするのよ」

無粋なことを言うママとは対照的に、少女はきわめて感傷的だ。

「わたし、今回の旅行がすごく楽しかったから、思い出として残したかったの。波の音を聞いていれば、この旅行で見た景色を忘れずにいられるんじゃないかって……時計を買ってもらったことはママに内緒だったから、波の音を録りたいってことは言い出せなくて、代わりに散歩したいって言ったの。三十分もあれば、ホテルとビーチを往復できると思ったから」

その反応にママもたじろぎ、時計を買ってもらったことについてはとがめにくくなったようだった。

「……でも、その波の音だけで、さっきまで海の近くにいたという証拠にはならないわ。昨日も今日もビーチへは行ったのだから、その際に録音したのかもしれないし」

「いえ、彼女たちは崖のほうまで下りてきていましたよ」

千代子はつい、口を出してしまった。ママから向けられた視線が刺さり、身のすくむような思いを味わう。

「あなた方、ホテルの従業員ですよね」

「はい。あたしたち、先ほどまでビーチで仕事をしていました。すると崖の上から、唯ちゃんと建太君の話し声が聞こえてきたんです。会話はそうですね、十分ほども続いたでしょうか。声が聞こえなくなってすぐ、あたしたちもホテルへ戻り始め、その途中で建太君と合流したんです」

「十分？　じゃあ、あなた方が唯の行動を把握しているのは、最大でも十分間なのね」

ママは勝ち誇ったように、ふふんと笑った。

「話にならないわ。私たちが車を離れてからカーアラームが鳴るまでに、十五分という時間が流れているのよ。たとえ唯がそのうちの十分をあなたたちの近くで過ごしたのだとしても、残りの五分でバッグを盗むことは可能だわ」

「――いえ、それは難しいかと思います」

今度は二宮が、ママの考えに異を唱えた。

「どうしてよ。何なのよ、あなたたち」

「すみません。ですが、無辜《むこ》の子供が濡《ぬ》れ衣《ぎぬ》を着せられるのを、黙って見過ごすわけにはいきませんので」

　おや、と千代子は思う。いまのはホテルの従業員としてではなく、ひとりの人間としての発言ではなかったか。仕事のできる二宮が、勤務中にそんな一面を見せるのはめずらしい。

　少しだけ、二宮のことを見直した。その二宮は、あくまでも丁寧な対応を崩さずに続ける。

「時にお客さま、当ホテルのプライベートビーチへは行かれましたか」

「行ったわよ。さっきもそう言ったでしょう。信じられないくらい遠いし、下りも上りもきついしで、今日なんかもう足がパンパンよ」

「ご不便をおかけしてしまい、申し訳ありません。ですが、あの道を通られたのならおわかりでしょう」

　二宮は駐車場の端から延びる一本の道を指差した。

「当ホテルのプライベートビーチは崖の下にあり、行くには一本道をずっと伝って片道十分ほどかかります。ビーチにいた私どもに声が聞こえたわけですから、そちらのお子さんたちがいた崖の上までもやはり、十分近くはかかるでしょう。つまり、往復で二十分。これに会話の続いていた十分間を足すと、それだけで三十分になります。――ところで、唯ちゃんがこちらに戻ってきたのは何時ごろのことですか？」

「五時半だったよ。わたし、時間に遅れたらママに怒られると思って、ちゃんと間に合うように帰ってきたんだもん。そのあとママと話したときにも、『いまがだいたい五時半だ』って確認した」

唯の言葉に嘘はなかったのだろう、ママは反論しなかった。

「となるとこの子たちは、五時に車を離れてただちにあの道に入り、崖で十分ほど会話して戻ってくる以外、何をする余裕もなかったことになります。お客さまがこの子たちから目を離していた三十分間の行動は、それですべて説明がつくのです」

二宮の考察に千代子は感心しきりだったが、ママは食い下がった。

「そんなの、走って時間を短縮すれば済むことだわ」

「お言葉ですが、あの道は段差が多いうえに足場も悪く、いくら子供といえどもやすやすと走れるような地形ではございません。無理に急いだところで効果は薄く、所要時間に大差はなかったものと思われます。言うまでもなく、自転車等の道具は使えません」

「出発時にバッグを盗んだとしたら？　それなら時間の問題はほぼ無視できるわ」

「お忘れですか。カーアラームが鳴ったのは、五時十五分ごろですよ。好きなタイミングでアラームを鳴らせる時限装置のようなものがあるのなら話は別ですが、そうでなければ五時十五分に、バッグを盗んだ者が車のそばにいたことは確実です」

「だ、だとしても……」

「もうよさないか。この子たちは無実だよ」

パパにたしなめられ、ママは下唇を噛《か》んだ。そうしてしばらく黙っていたが、やがて唯に向かって頭を下げた。

「……ごめんなさい、唯。根拠もないのに疑ってしまって」

「うぅん、わかってくれればいいの」

その返事を聞いて、いい子じゃないか、と千代子は思う。どうしてこんな子を、ママは疑ったりしたのだろう――だが次の一瞬、唯の表情に浮かんだ変化を、千代子は見逃さなかった。

唯は、明らかにほっとしていた。疑いが解けたからではない。《危なかった》――そんな、心の声が聞こえてきそうな表情だった。

どういうことだ、と千代子はいぶかしむ。唯たちの無実は、二宮の指摘によって立証されたはずである。ならば唯が安堵したように見えたのは、単なる勘違いだったのだろうか。

「とにかく帰ろう。今晩どうするかについて考えるのは、帰りながらでもいいだろう」

パパの言葉で、千代子ははっとわれに返った。一家はそれに同意したらしく、めいめいドアを開けて車に乗り込もうとしている。

「おや、警察には届けなくていいんですかな」

大原が声をかけるも、パパはかぶりを振って苦笑した。

「家の鍵はともかく、ほかになくなって困るようなものはキャリーバッグに入っていません。むろん、こちらの住所や素性といった個人情報を特定するものもない。警察に届けたところで、どのみちバッグは返ってこないでしょう。あのくらいで済んでよかったと思うことにして、いさぎよくあきらめますよ」

運転席に収まったパパがハンドルの脇のスイッチを押すと、車のエンジンがかかった。そのまま窓が閉められたところで、大原がため息交じりにぼやいた。

「これでまた、お客さんが減ってしまうかもしれないな。せっかく増やしたところだったのになぁ」

「せっかく増やした、って……幽霊の噂、流したことを認めるんですか？」

千代子が目を丸くしたのに対し、大原は元々丸いお腹をぽんと叩いた。

「おもしろ半分だったんだよ。どうせこのホテルに悪評が立ったところで、それ以上は減りようのないくらい、お客さんは少なかったからね。オカルト趣味の連中でも呼び込むことができればって、やけくそな気分でネットに書き込んだんだ。まさか、本当に反響があるとは思ってもみなかった」

でも、また減るだろうな。大原はそう言って遠くを見るような目をした。

「あのママさんは、きっとここで車上荒らしに遭ったことを誰かれかまわず言いふらすよ。たぶんそういう人だと思う。幽霊ならまだしも、車上荒らしが出るなんて噂が立ったらおしまいだ。車上荒らし見たさにホテルに来る客なんているわけがない」

「あ、そうか……うちのホテルには責任がないとか、それで済む問題ではなかったんですね」

白のセダンがゆっくり滑り出す。表向きは慇懃に彼らを見送りながら、千代子は胸が苦しくなるのを感じた。

「あたし、罪もないのに疑われたあの子たちがかわいそうだからって、とっさにかばってしまったけれど……そうすることで結果的に、車上荒らしの存在を証明しちゃったようなものなんですね。ホテルのためには、車上荒らしなんていないと言い張るべきだった……」

「いやいや、そこまでは私も思ってないよ。きみたちのやったことは、人として当然のおこないだ」

「でも、大原さん。この崖っぷちホテルが潰れたら、あたしたちは職を失うんですよ」

「無実の子供たちが救われたことに比べれば、そんなのはちっぽけなことさ。あは、あはははは……」

妻が最近ブランドものに凝り出してね。そう嘆いて大原は不気味に笑う。彼がホテルの前途を憂えて自暴自棄になるのはいつものことである。

肩身がせまくはあるけれど、千代子は間違ったことをしたとは思っていなかった。旅行が楽しいあまり家に帰りたくない娘が、家の鍵が入ったバッグを隠してしまう。なるほど筋は通っている。しかし、それは物理的に不可能であったことを、千代子は証言してあげられる立場にあったのだ。黙っていることなんてできない。だからこの結末に、複雑な思いはあれど後悔はなかった。

だが、千代子の隣に立っていた男は、同じ気持ちではなかったらしい。

「――二宮さん？」

突然の事態に、千代子は身動きが取れなかった。

二宮が脱兎《だっと》のごとく駆け出し、駐車場の出入り口にて、先の車の前に立ちはだかったのだ。

ＧＰホテルの駐車場には、区画を分けるように植え込みが設けられているので、出入り口まではぐるっと回らないといけない。ところが二宮は、植え込みを突っ切って最短距離で走ったために、車に追いつくことができたのだった。

千代子と大原も、泡を食って二宮のもとに駆けつける。ひざに手をつき、肩で息をする二宮を、助手席の窓を全開にしたママが烈火のごとく怒鳴りつけていた。

「危ないじゃないの！　ぶつかったらどうするのよ！」

「申し訳ありませんでした……でも、どうしてもお伝えしたいことがございまして」

二宮は何度か唾を呑み込むようにして、声を絞り出している。

「この期に及んで何よ、伝えたいことって」

「思い出したんです。とても重要なことです。私どもは先ほど、崖の下にいてお子さんたちの会話を耳にしたと言いました。それは事実です」

この台詞に、千代子も小さくうなずく。

「会話が聞こえてきたとき、私どもはほとんど無意識に、崖を見上げていました。誰だってそうするでしょう。その結果、私どもの立っていた場所から、崖の上を歩き回る女の子の頭がちらりと見えました。……会話の続いた十分間のうちに何度も、女の子はそうやって姿を見せました」

「それが、何だって言うのよ」

「いいですか。私どもは二人の会話を聞き、何度も唯ちゃんを――唯ちゃんの姿だけを、目撃したのです」

まさか――場にいる大人たちの視線が、いっせいに車の後部座席へと注がれた。

助手席の後ろで少女は沈黙している。その隣にいる男の子は、冷たい海に長時間浸かってでもいたかのように、青ざめて身を震わせていた。

「私どもは、建太君の声を聞いただけです――姿を見ていないいんです、、、、、」

6

――何を言い出すのよ、このバカホテルマン！

わたしは目の前が真っ暗になるのを感じた。

「本当かね、二宮君」

大原と呼ばれたおじさんの問いかけに、二宮は首を縦に振る。

「間違いありません」

「でも、声は聞いたんでしょう。それならそこにいたってことじゃありませんか」

ママは言う。このときばかりは心の中で、わたしはママを応援していた。けれども二宮は、そのわずかな希望をも着実に、粉々に砕いていった。

「確かに声は聞きました。ですが、声だけを聞かせる方法ならあります」

「たとえば……携帯電話のスピーカー通話とか？」

落合というらしい、どこかとぼけた印象の女性が人差し指を立てた。

「それは無理です。この子たちに携帯電話は持たせていませんから」

言下に否定したママの横で、パパが《あっ》と声を発した。

「――目覚まし時計か」

二宮が、わが意を得たりとばかりに微笑んだ。

「建太君の声を時計に録音しておいて、よきタイミングで時計の針を動かして目覚まし機能を起動させれば、さも会話をしているかのように聞かせることができたでしょう」

「そんなバカな……録音機能は最長で十秒間なんでしょう。どうやったら、それだけで十分も会話を続けられるのよ」

ママの疑問にも、落合がたちどころに答えてしまう。

「そういえば建太君、あのとき《しょうがないよ》としか言ってなかったような」

「私もそのように記憶しています。あのときはただ、感情的になっている唯ちゃんをなだめているのだろうと思っていました——それが、時計に録音された声だとも知らずに」

わたしのパーカーの膨らみを、二宮は見た。

「振り返っても、あの会話は実に自然でした。そこに私は畏敬《いけい》の念すら覚えますよ。唯ちゃんはたった一言だけを相槌として繰り返し用いることで、そこにいない建太君の幻影を、大人二人にここまで見せ続けてきたのですから」

二宮が言葉を発するごとに、あと少しでうまくいくはずだった計画が台なしになっていく。海に近いこのGPホテルにて、わたしが苦心して作り上げた砂のお城が、理想の住《す》み処《か》が、ぼろぼろと崩れていく。

まだ、あきらめたわけではない。わたしは必死に主張した。

「建太の声なんて録音してない！　聞いたでしょう、わたしが録った波の音を」

もう一度目覚まし時計を操作し、波の音を鳴らす。けれどそんなことではもう、大人たちは騙されてくれなかった。

「証拠隠滅のために、十分間の会話が済んだ直後に波の音を重ね録りしたんだな……」

いつもはわたしの味方でいてくれるはずのパパまでもが、敵に回る。

「車のスペアキー、先ほどはご自宅にあるとおっしゃいましたが」

大原の確認に、パパは低い声で返事した。

「そのはずです。……そこに住んでいる誰かが、持ち出したのでなければ」

「こうすることを想定して、子供たちがスペアキーを旅行に持ってきてたってことですか！」

落合は驚愕《きょうがく》しているけれど、パパの中では疑いはもはや確信に変わっているようだった。

「建太、おまえだったよな。なくさないようにと言って、自宅の鍵をキャリーバッグに移すよう勧めてくれたのは」

大人が寄ってたかってわたしたちをいじめる。いつだって、子供は弱い。

「あなたたち、嘘をついていたのね。私たちを騙していたのね」

ママが吐き捨て、建太はおびえきった目でわたしに助けを求める。

「唯ちゃん、もう……」

「建太は黙ってて！　ねぇ、パパもママも信じてよ。わたしたち、パパのバッグを盗んでなんかいない。二人で一緒に海をながめながら、崖の上でお話ししていたの」

わたしは訴えるけれど、誰も聞く耳を持ってなどくれない。落合が、何かに思い当たったような仕草を見せた。

「二宮さん。あたしたちが建太君と出会ったとき、建太君、茂みから飛び出してきましたよね。一本道で、迷い込むような場所なんてないのに」

「なるほど、じゃああそこに――」

二人の従業員が連れ立って駆け出すのを、わたしは車の中から見送るしかなかった。ほどなく戻ってきた二人を見て、わたしはこの計画が完全に、失敗に終わったことを悟った。

「ありましたよ――茂みの奥に隠されていました！」

大きな声を上げる落合の後ろで、二宮がその手に、パパのキャリーバッグを携えていた。

7

千代子は頻繁に周囲を呆れさせるほどのおっちょこちょいだ。そうして繰り返す失敗を、時には隠蔽《いんぺい》せんとして愚策をめぐらすこともある。

だが、彼女は決して悪人ではない。どちらかといえば人のいいところがあり、だから目の前で困っている人がいれば、深い考えもなしに手を差し延べる。

今日、初めに子供たちをかばったのは、いわれのない責めを受けていると思ったからだ。けれどもそれは、誤解であったことを二宮が看破した。ならばいま困っているのは親のほうであり、だからキャリーバッグを探し出したのも、親に対するちょっとした手助けのつもりだった。

微笑《ほほえ》ましいことだ。旅行から帰りたくないあまり、子供たちが家の鍵を隠してしまう、なんていうのは。そのためだけにしては少々手が込みすぎている気もしたが、あくまでも千代子は親の気苦労を察し、大人として協力したのだった。

旅行から帰りたがらない子供の気持ちはわかる。千代子がホテリエを養成する専門学校にかよい、ホテルに就職する道を選んだのも、子供のころの家族旅行に対してポジティブな印象ばかりが残っていたからだ。父親はサラリーマン、母親はパートタイマーというありふれた家庭に育った千代子にとって、年に一度の家族旅行は最高の贅《ぜい》沢《たく》だった。自然と触れ合ったり、温泉に浸《つ》かったり、あるいは遊園地や動物園を訪れたり。知らない町をただ歩くだけでも、わくわくする気持ちが止まらなかった。帰路に就くときはいつも寂しかったし、この旅行がずっと続けばいいのに、年中旅行していられればいいのにと、行動こそ起こさなかったものの胸の内で願ったことは一度や二度ではない。

しかし、だからといって旅行から帰りたくないという、無邪気だが無知きわまりない欲求を満たすことが、子供たちのためになるとは思えない。日常があるからこそ非日常が映える。時に退屈し、時に辛抱し、時に苦悶《くもん》する、そんな容易ならざる普段の生活から一時的に解放されて、心ゆくまで楽しめる点に旅行という非日常のよさがある。それを子供たちに教えることもまた、親であり大人の務めだろう。いまでは自分が大人の立場で人々の非日常に携わっているから、千代子はそのことをよくわかっている。死ぬまで毎日、旅行だけをして暮らすわけにはいかないのだ。

二宮はたぶん、もう少しドライなものの見方をする人間だ。大原から客の減少が見込まれることを嘆かれ、車上荒らしが出没するホテルという汚名を返上したい一心で、子供たちの嘘を暴いたのだろう。彼には彼なりの大義があるし、となれば当然、千代子にも千代子の大義がある。

千代子はひとえに大人として、ごねる子供をなだめたい親の手助けをしようとしたに過ぎなかった——知らなかったのだ、彼らの抱える事情なんてこれっぽっちも。

だから、キャリーバッグを見つけ出したのは仕方のないことだったと思う。たとえそれにより、あとあとまで子供たちに恨まれることになったとしても。


キャリーバッグを持ち帰ってきた千代子と二宮を見るなり、唯が後部座席で叫んだ。

「——家族になるって言ったじゃない！」

千代子はその言葉の意味が、さっぱり理解できなかった。二宮も大原も狐《きつね》につままれたような顔をし、パパとママだけが、悲しげに目を伏せていた。

そんな状況の中で唯は、声がかれそうなほど力いっぱい、叫び続けたのだった。

「嘘つきはどっちよ！　家族になるって言ったのに、どうして別々の家に帰らなくちゃいけないの！　騙したのはどっち、ねぇ！　わたしたち、家族になるって言ったのに……」

8

「――ママね、再婚しようと思ってるの」

ママからそう打ち明けられたのは、いまからちょうど一年前のことだった。

わたしのお父さんは、わたしの物心がつく前に、ほかの女と浮気をしてママと離婚したらしい。以来、ママは女手ひとつでわたしを育ててくれた。

ママの再婚を、わたしは手放しで喜んだ。ママはまだ若くてきれいだから、人を好きになるのはいいことだと感じたし、わたし自身、母と子の二人暮らしで寂しい思いをした経験も少なからずあったから。

紹介されたパパは優しい人だった。ママは自分ひとりで家庭を守っていかなきゃいけないという気負いのせいか、すぐ感情的になるきらいがあったから、パパみたいなのんびりした人に惹《ひ》かれたのだろうな、とわたしは思った。そして、ママだけでなくパパにも連れ子がいて、それが建太だった。前の奥さんはよそに男を作って家を出ていったそうだ。つまり、パパとママはかつて結婚に失敗した者どうし、再婚してこのたび新しい家庭を築くに至ったわけだ――そういうことになる、はずだった。

過去の失敗が、二人を慎重にさせていたのかもしれない。ママはわたしと建太に向かって、籍を入れる前にまずは四人で一緒に暮らしてみましょう、と言った。そのうえで、これから一歩ずつ家族になるのよ、と。

何となく、わたしはその提案がちょっといびつであるように感じたけど、口には出さなかった。そうして今年の初めごろから、わたしたち四人は、ひとつ屋根の下で暮らし始めた。

ともにひとりっこだったわたしと建太は、たちどころに打ち解け合った。もちろんパパにも反発する理由はなかった。実の子じゃないところに遠慮があったのかもしれないけど、よく怒るママとは対照的に、パパはいつでもわたしの味方でいてくれたからだ。わたしが初めて《パパ》と呼んだとき、それは父親として認めたというよりそうしたほうがよさそうだと考えたからだったけど、パパは感極まって涙ぐんでいた。必要があるなら気を遣ってでも、わたしはパパや建太と仲良くなろうとした。わたしは家族が欲しかったのだ。

入籍に先んじて、ひとまずお試しで同居してみる——その選択は、正解だったとも間違いだったとも言えると、いまになって思う。

一緒に暮らし始めて間もなく、パパとママはケンカをするようになった。恋人でいるあいだは長所に見えたパパののんびりした性格に、ママは生活をともにすることで、イライラしてしまうようになったらしい。パパがぼんやりしているせいで犯してしまう失敗を、ママはそうしたって仕方がないのにヒステリックに責め立て、その不機嫌はしばしばわたしたち子供にまで飛び火した。日を追うごとに、ママとパパの関係は悪化していった。

ママたちの言い争う声が聞こえるたび、わたしと建太は、どうか二人が仲良くしてくれますようにと祈った。わたしはパパや建太のことが好きだったし、建太も母親がいることによって生活に加えられるささやかな彩りを――手料理やかわいらしい雑貨や、アイロンの利いたシャツといったものを、それなりに好ましく感じていたからだ。最初のうちはいがみ合っていても、いずれは落ち着くことがあるかもしれない。そんな甘やかな見通しに望みをかけて、わたしたちはひたすらに祈り続けた。

けれども、その祈りは届かなかった。ママたちは再三にわたり入籍を延期したあげく、最終的に婚約を解消するという決断を下した――初めに入籍しなかったから、別れるという選択肢が残されていたのだろう。無我夢中で家族になろうとしていたわたしや建太とは違い、家族になる覚悟が希薄だったから、性格の不一致という事態にも冷静に対処できたのだろう。だからわたしは入籍前の同居が、正解でもあり間違いでもあったと思うのだ。

わたしと建太は幾度となく二人に考え直すよう迫った。けれどもママたちの決断は揺らがなかった。代わりにせめてものなぐさめとして、最後に一泊二日の旅行に出かけ、そこで思い出作りをしようということになった。それがこの、ＧＰホテルへの宿泊だ。二日目すなわち今日の夕刻、四人で車に同乗したら、わたしとママはいつもの家に、パパと建太は新しく借りた家に、それぞれ帰ることとなっていた。

つまりこのホテルから帰ったが最後、わたしたちはバラバラになってしまう——だからわたしは建太と相談し、一日でも長く一緒の時間を過ごせるよう、そしてそのあいだに何とかもう一度やり直す機会を見つけられるよう、策を講じることにしたのだ。

計画は大部分をわたしが練り上げた。パパの荷物から、パパと建太が住むことになる家の鍵を盗むという方向性はすぐに定まった。しかしパパはよくものをなくすぶん、神経質になってもいるから、通常なら家の鍵は肌身離さず持ち歩き、盗む隙があるとは考えにくい。そこでわたしたちは、パパのそんな性格を逆手に取り、不安を煽って鍵を手放させる作戦に出た。これに関しては建太がうまく振る舞ってくれ、鍵をキャリーバッグに移させることに成功した。加えて、車のスペアキーは必要になるかもしれないと思い、探し出して旅行に持ってくるよう建太に言いつけておいた。

ペンギンの目覚まし時計は、単純に欲しくなっただけだ。もしこの計画がうまくいかず、離れて暮らすことになったら、パパと建太に声を吹き込んでもらって、寂しくなったときにそれを聞こうと考えていた。ところが、この時計がのちの計画で重要な意味を持つことになる。

ホテルではチャンスをうかがっていたけれど、パパのキャリーバッグにダイヤル式のロックがかけられていたこともあって、とうとう家の鍵を盗み出すことはできなかった。パパの目を盗んでダイヤルを回してみたりもしたけど、パパの誕生日など心当たりのある数字では開けられず、四桁の数字の組み合わせ一万とおりをすべて試すほどの余裕もなかった。

明けて今日、わたしたちにはもうあとがなかった。そこでわたしは最終手段ともいうべき、いちかばちかの計画を思いつく。それが出発予定時刻の午後五時、荷物を車に積み込んだあとで散歩に行くふりをし、車上荒らしに見せかけてキャリーバッグごと鍵を盗み出すというものだった。

まずわたしは、思い出作りの最後にもう一度、建太と二人で散歩したいと願い出る。ここは情に訴えれば強くは反対されないだろうと踏んでいた。こちらのお願いが聞き入れられたら、建太はどこかに十五分ほど身を潜めて車を見張り、パパとママがいなくなったのを確認して——この夏の暑さのもと、ママたちが三十分も車の中やその周辺にとどまることはないと考えていた——スペアキーで車を開け、トランクからキャリーバッグを出す。そしてバッグをビーチへ下りる道の入り口付近にいったん隠し、車に戻り運転席へ乗り込む。ドアをロックしてから運転席の窓を開け、スペアキーを車外に放り投げたのち、手動でロックを解除すればカーアラームが鳴るはず。これは以前、パパとわたしがドライブに出かけたとき、トイレに行くと言ってキーを持ったままひとりで車を降りたパパをあとから追いかけようとしてドアを開け、アラームを鳴らしてしまったことがあったので知っていた。

カーアラームを鳴らしたのは、車上荒らしが起きた時刻を明確にするため。犯行時刻に幅を持たせると、わたしが崖でアリバイを作る意味がなくなってしまうおそれがある。その反面、アラームの音で人が寄ってくるのは確実なので、ここは計画の中でもっとも危険な手順だった。アラームが鳴ったら建太は急いで車を降り、スペアキーを拾ってビーチへと続く道まで走る。無事に駆け込んだら、あとはキャリーバッグを回収して適当な場所にそれを隠せば、彼の任務は完了となる。

建太にはかなりややこしいことをさせた。でも、アラームが鳴ると同時に素早く逃げなきゃいけないことを考えると、その役目はわたしでは心もとなかった。また、その間にわたしが果たすべきことはうまく機転を利かせなくてはならず、建太には難しいだろうというのもあった。

わたしは散歩に行くと言って車を離れると、まっすぐにビーチのそばの崖へ向かった。そして前日と同様、片づけのために崖の下をうろついている従業員を見つけたところで、目覚まし時計の声を相手に芝居を始めた。録音できる声は長くても十秒。わたしは事前に、建太に「しょうがないよ」とだけ吹き込ませておいた。できるだけ、使い勝手のいい言葉にしたかったから。

ときどき動いて崖の下の人が聞いているかを確認しつつ、わたしはなるべく会話が不自然にならないようにしゃべり、相槌を打つのにふさわしいタイミングで「しょうがないよ」と目覚まし時計を鳴らした。会話の内容は、崖の下の人が興味を持ちそうで、かつあとで確認されても事実に反するところのないように、わたしたちの離散の話にした。そのまま十分ほど時間を稼ぎ、最後に目覚まし時計に波の音を重ね録りしたところで、わたしは建太をその場に残すような台詞を吐いて立ち去った。途中、キャリーバッグを引く建太とすれ違ったので、もう少し下に行けばバッグを隠すのにちょうどいい茂みがあることを教えておいた。できるだけ駐車場から遠ざけたほうが見つかりにくいだろうし、二人のうちどちらかは約束どおり三十分で戻らないと、ママたちによけいな疑いを持たれかねない。そこまで考えてわたしは、建太を残して去るふりをしたのだ。

駐車場では想像したとおり、パパとママが車のまわりに集まっていた。そうならないのが一番いいとはいえ、ママが一度はわたしを疑うであろうことは織り込み済みだったので、わたしはビーチへ下りる道の入り口にちらちら目をやりつつ、崖の下で話を聞いていたはずの二人、男女の従業員が戻ってくるのを待った。駐車場を通らなければホテルへは戻れないから、彼らを見逃すことはない。建太が彼らとともに戻ってきた、すなわちバッグを隠した現場を目撃されたことは計算外だったけど、彼らは初め何の疑いも見せず、わたしたちのアリバイを証言してくれた。これでわたしたちにはキャリーバッグを盗み出すことができなかったと証明された、はずだった。

ここまで手の込んだことをしたのには、ちゃんとした理由があった。

わたしは、パパの家の鍵がなくなったことに気づいたらママは真っ先にわたしを疑うだろう、と考えていた。ママはいつだってわたしを怒りたがるし、その原因を常に探している。そしてわたしには、家の鍵を隠す動機がある。パパが家の鍵をなくせば、一緒に暮らしていた元の家に四人で帰るしかなくなる――わたしがそう期待したことに、ママが勘づかないわけはなかった。

ママがわたしを疑ったとき、もしもわたしに無実が証明できなければ、ママは持ち物検査でも何でもやるだろう。そして後ろめたいところのあるこちらが、少しでもおかしな態度を見せれば、鋭くそこを突いて鍵の在《あ》り処《か》をしゃべらせてしまうだろう。ママはわたしのことを《妙な知恵がはたらく》と言ったけど、それは間違いなくママ譲りで、これまでわたしがさまざまな場面で必死に知恵をはたらかせてやったことを、ママはいつも最終的に見破ってきた。ちょっと鍵を隠した程度では、ママの目をごまかすことなどできやしないんだ。

だから今回、パパの家の鍵を隠すにあたっては、わたしや建太にはそれが無理だったと証明できる状況を作りたかった。そうすれば、いくら疑われたところで痛くもかゆくもない。そのためにわたしは車上荒らしに見せかけ、目覚まし時計で建太のアリバイを偽装し、あと少し、もう一歩のところまで、五人もの大人を騙しおおせた——なのに。

いつも、大人が邪魔をするのだ。

会って間もない人といきなり、家族になるのだと言われた。とまどいながら、それでもわたしと建太はがんばった。幸せになりたかったから。これ以上、寂しい思いをしたくなかったから。がんばりきれなかったのはママたちだ。家族になると嘘をつき、わたしたち子供を騙したのは大人のママやパパなのだ。

今日だってわたしはただ、四人で一緒の家に帰りたかっただけだ。けれども無関係な大人が邪魔をして、家の鍵は見つけ出されてしまった。どうして邪魔をする？　どうして家族として受け入れた人たちと、同じ家に帰ることさえ許されない？

大事なことを決めるのは、いつでも大人たちだ。子供はそれに振り回されるだけ。自分たちの都合でさんざん振り回しておいて、懸命についていくしかない子供たちの心さえ、問題が生じると平気で踏みにじる。そうしてわたしたち子供が、自分の思い描く幸せに到達しようとするのを邪魔するのだ。

――わたしはただ、せめてあと一日、みんなで一緒に過ごしたかっただけなのに。


車の中で思いっきり叫んで、われに返ると大人たちがみんな、わたしのことを憐《あわ》れむような目で見ていた。憐れむくらいなら邪魔しなければいいのに。誰のせいで、こんなことになったと思っているのだろう。

隣で建太が泣いていた。ここまで付き合わせたことを、わたしは申し訳なく思った。彼がこれからも四人で暮らしたがっていたのは事実だけど、きっとわたしが言い出さなければ、彼は素直に親の選択を受け入れていただろう。強引に計画に引き込み、難しい役割を与えたのはわたしだ。同じ家に帰るためだけに親を騙すのは気が進まないという、建太の本心をも見透かしていながら、あえて見ないふりをしたのだ。

建太が泣くのなら、なおさらわたしが泣くわけにはいかなかった。彼とは誓い合ったんだ、たとえこのまま離れ離れになっても、わたしたちだけはずっと姉と弟でいよう、と。姉のわたしが弟の前で泣くわけにはいかない。本当のところはよくわからないけど、きょうだいというのはきっとそういうものだ。だからわたしは、つられて込み上げる涙をこらえ、そのうちに喉がこわばって何も言えなくなってしまった。

すがるように、わたしはルームミラー越しにパパを見た。わたしの視線に気がつくと、パパはばつが悪そうにさっと目を逸《そ》らした。もう、いつでもわたしの味方でいてくれた、優しいパパはそこにいなかった。これほどまでに強い、家族になりたいというわたしの思いから、パパは目を逸らしたのだ。初めてパパと呼んだとき、涙ぐんだ彼はもういない。そこにいたのは、わたしとは何の関係もない赤の他人、ただの大人の男性だった。

――ここから先は、わたしひとりで戦うしかない。

わたしは車のドアに指をかけ、勢いよく押し開けた。何らかの勝算があったわけじゃない。この場から逃げ出すことで、ちょっとでも時間稼ぎができたら。その程度の考えしかない、無謀で突発的な行動だった。

呆気《あっけ》にとられた大人たちを尻目に、わたしは車外に飛び出した――そのとき。

「唯！」

ママが大声で怒鳴ったので、わたしは反射的に足がすくみ、立ち止まってしまった。

上半身で振り返る。助手席の窓は全開で、そこからのぞくママの顔は、ひどくゆがめられていた。

あぁ、また怒られるんだな。わたしはふとそんなことを思った、のだが――。

「ごめんなさい」

ママの唇からこぼれ出たのは、思いもよらない言葉だった。

「唯も、建太ちゃんも、本当にごめんなさい。でもね、これは私とパパとで、とても長い時間をかけて話し合い、決めたことなの」

ママは、わたしのことを怒ったりしなかった。何度か声を詰まらせながら言い、その目を真っ赤に充血させていた。男につけられたと嘘をついて携帯電話を買ってもらおうとしたわたしを厳しく叱った、あのときによく似た涙目だった。

いっそ怒ってくれたなら、どれだけ暴れてでも逆らってやることができただろう。鼓膜を破るくらいわめき散らせば、もう一晩くらいは一緒に過ごせたかもしれない。

でも、ママは怒ってはくれなかった。

――おしまいなんだな、と思った。

わたしたちはもう、このまま別々の家に帰るしかなくなったんだな、と。

わたしは車に戻ってドアを閉め、ひざの上にペンギンの目覚まし時計を置いた。ママは入れ違いに車を降りて、従業員たちと話をしている。きっと、迷惑をかけたお詫《わ》びも兼ねて、わたしたちの抱える事情を彼らに説明しているのだろう。

いまから録音ボタンを押すから、何かしゃべって――すんでのところで、わたしはパパと建太にそう伝えようとしていた。

けれどもそんなことをしたら本当に、永遠のお別れになってしまう気がした。声を聞きたくなったら、会いにいけばいい。会わなくても満足できてしまうくらいなら、声なんて残さないほうがいい。

わたしは時計を操作して、目覚まし機能を起動させた。ざぁ、ざざぁ。ペンギンの口に内蔵されたスピーカーから、波の音が流れ出す。

身を寄せ合い、そしてまた離れていく。人はまるで、寄せては返す波のようだ。いつか大人になったとき、わたしにもその営みの意義が理解できるのだろうか。

9

「……あたし、軽々しく不幸だなんて口にするのやめます」

駐車場を出て遠ざかるセダンが見えなくなったところで、千代子はつぶやいた。

二宮が横目で見てくる。「何で」

「だってあんな話を聞かされたらあたし、今日の不幸は明日の幸福のプリペイドだなんて、あの子たちに面と向かって言えない……」

「あの子たちが不幸かどうかなんてわからないだろ」

二宮はなぜか、少し怒っているようだった。

「大の大人が二人、これ以上は一緒に暮らしていけないってことで意見が一致したんだ。その判断はたぶん、大きく間違っちゃいないよ。長い目で見れば、子供たちを不幸にしないための選択なのかもしれない。父子家庭や母子家庭で育った幸せな子供もいれば、両親がそろってたって不幸な子もいる」

二宮の言うことは非の打ちどころもなく正しい。そして正しさというのは時に、そこにある人の感情を無視する。

「それは結果論でしょう。あたしはまさにいまこの瞬間、あの子たちが不幸だって、そう感じてるはずだって話をしてるんです」

千代子が反論すると、二宮は虚を衝かれたような顔をした。

「……そうだな。そうかもしれない」

気づけば陽は沈みかかっていた。夏はいまだ健在とはいえ、夏至《げし》からはもうふた月が過ぎている。

「しかし、今日は二宮君のおかげで助かったよ。あのまま車上荒らしの仕業ってことで決着がついていたら、ホテルへの風評被害は避けられなかっただろうからね」

大原が腹をぽんと叩いて笑うと、二宮は何でもないことのように言った。

「ホテルのためです。潰れたら困るのは自分ですから」

「あれ？　でも二宮さん、この仕事やめようかと思ってるって」

「本当かね、二宮君」

大原に問いただされ、二宮は慌ててかぶりを振った。

「いえ、やめます。やめません」

「どっちです、二宮さん？」

「やめようかと思ってたけど、それもやめたってことだよ。やっぱりこの仕事、続けてみようかと思ってる」

　この短時間に、いかなる心境の変化があったのか。千代子がそれを訊ねると、二宮は少し照れくさそうにした。

「さっきの人たちを見てて思ったんだよ。家族が家族でなくなる前の、最後の思い出作りに一役買えるとしたら、この仕事も捨てたもんじゃないなって」

　千代子は思う。何だ、この人、機械みたいに仕事をしているなんて言って。本当は誰よりも、人間らしく仕事をしているんじゃないか。

「つらいときでさえ笑ってもらえるような、サービスを心がけていきましょう。あたしたちにとっては、お客さまの笑顔が何よりのチップですから」

　千代子が言うと、二宮はいくらか鼻白んだようになる。

「そのためには、ますますやめるわけにいかないよな。最後の旅行なんていう大事な場面を、おっちょこみたいなやつにまかせてはおけないし」

「……ちょっと！　ひどくないですか、その言い方」

　本気で怒ったわけではなかった。いつものじゃれ合いだ。千代子が適当に反応してみせれば、二宮も追い打ちをかけるようにまたなじってくるだろうと思っていた。

　ところが、二宮はそうしなかった。彼は千代子のほうを見ると、

「——冗談だよ」

そう言って、寂しげに笑ったのだった。

背を向けてホテルに戻る二宮と大原を、なぜだか千代子は追いかけることができない。耳を澄ませば遠くのほうから、団欒《だんらん》の座で上がる笑い声のような、波の音がかすかに聞こえていた。

GRAND PACIFIC HOTEL

第三幕

お金と神のスラップスティック

Prologue

大原俊郎はその日、むしゃくしゃしていた。

千葉県東部、太平洋に面した崖の上に建つグランド・パシフィック・ホテル——通称GPホテルのフロントにて、彼は燃え尽きた灰のようになってたたずんでいた。齢《よわい》五十にしてフロント主任という責任ある役職についている彼だが、職務にかける情熱はまるでなく、立場を利用して部下に仕事を押しつけるろくでもない上司だ。というか、ろくでもない人間だ。

いまもフロントに立つほかのスタッフの前には、午後二時に開始となったばかりのチェックインを済ませようと宿泊客たちが列を作っているのに、大原のいるあたりだけががら空きだ。これはよく教育された部下たちが自分のほうへ客を誘導しているからだが、客からしても、ぶつぶつ怪しげなことをつぶやいている大原の接客など御免こうむりたいかもしれない。

——神は……この世に神はいないのか。

前夜、大原はとある雀荘《ジャンそう》にいた。県内某所、職場のホテルからもそう遠くない。単身乗り込んだわけではなく、知己と一緒だった。

この雀荘というのが、はっきり言ってガラがよくない。カタギじゃなさそうなのもいれば、ギャンブル狂いの酔っぱらいもいるといったありさまで、その中で単なる太ったおじさんに過ぎない大原が堂々と振る舞えるのは、ひとえに知己のおかげだ。

何しろ知己の体格は野生のクマのようによく、眼光は野生のクマもかくやという鋭さ、地声は野生のクマの吠《ほ》えるがごとく野太い。雀荘に出入りするほかの客たちさえそそくさと避ける彼の迫力は、ただのこけおどしにあらず、実際に少額の違法賭博程度なら余裕で揉み消せる力をも持つ。というと大原には何だか危ない界隈《かいわい》との付き合いがあるのかと思われそうだが、彼らはいわゆる竹馬の友というやつで、文字どおり幼少期には竹馬で競走をした仲だった。

竹馬が麻雀《マージャン》に変わろうと、継続する友情は美しい。だが、昨晩はそうとも割り切れなかった。知己とはこれまでにも何度となく麻雀をし、勝つ日もあれば負ける日もあったが、昨晩の知己は神がかりと言っていいほどに、引きがよく読みも冴《さ》えわたっていた。初っぱなの東一局《トンいっきょく》を役満で上がったとき、振り込んだのは大原だった。負けを取り返そうとして焦り、あとはひたすら知己の手のひらの上である。

半荘《ハンチャン》が終わり、文なしになってぷるぷる震える大原を見た知己が、帰り道くらいはタクシーで送ってやると言ったが、その高笑いが癪で断った。そうしたら秋雨降りしきる中、自宅まで歩いて二時間もかかってしまった。着くころにはげっそりして、さすがに腹も少し引っ込んだのではと思ったが、そこは変わりない。妻と娘はとっくに寝ており、浴槽の湯は冷めきっていた。

そんなことがあった翌日なので、大原はいつにも増して覇気がない。虚《うつ》ろな目でフロントに立ち尽くし、見捨てた神への恨み節を独りごちてみるけれど、ことが麻雀なので周囲も同情しない。ただフロントの部下たちはそんな大原に仕事は回せないとばかり、いつも以上に手際よく宿泊客をさばいていく。当然の職務とでも思っているのか、それともはなから大原には期待していないのか、文句ひとつこぼさない。

ただしそんな気を遣うのは直属の、すなわちフロント係の部下のみである。同じ宿泊部でも担当が違うと、大原への風当たりは一気に強くなる。

「大原さん。お客さん、来てますよ」

カウンター越しに声をかけてきたのは、コンシェルジュの二宮宏人だった。

こいつはまだ二十五歳、社会人五年目のぺいぺいである。が、有能な働きぶりは職場内でも評判がよく、一目置かれる存在となっているだけに、必要とあらば上司にも強気に出てくる。要するに、図に乗っているというやつだ。

　面倒くさいのでシカトしようかと思った。けれども二宮の隣にいる客の姿を見て、考えを改めた。その顔に、どことなく見覚えがあったからだ。

「いらっしゃいませ。お手数ですが、こちらの宿泊カードにご記入をお願いいたします」

　一応はプロなので、瞬時に仕事用の表情を作れる。安心した様子で離れていく二宮の背中に向けて中指を突き立ててやろうかと思ったが、我慢した。

「これでいいですか……」

　自信なさそうに、客が記入済みのカードを差し出す。そのとき上げた顔で、大原は彼とどこで会ったのかを思い出した。

　ゆうべの雀荘である。大原の卓では知己の高笑いが止まらなかったが、隣の卓でもやたらと調子づいている同年輩の男がいた。何度か大きな役で上がり、目立っていたので間違いない。彼がトイレへ行こうとしたときに、大原は憎しみ余ってわざと椅子を動かし、足を引っかけようとしたくらいだ。

　その男がいま、ＧＰホテルの客として、大原の目の前に立っていた。

　思い出すのが遅れた理由は明快だ。大原は昨日、彼の明るい表情しか見なかった。

それが今日は、狩人《かりゅうど》の猟銃におびえながら森を行く小動物のようである。顔色は優れず、ひっきりなしにあたりを見回し、肩幅なんて昨日の半分しかないのではと思えるほどだ。

昨日大勝ちしたはずなのに、どうしてここまで意気消沈することがあるのか。いぶかりながら大原は、カードを受け取る。名前の欄には《長田》とあり、《おさだ》とふりがなが振ってあった。

パソコンで予約を確認する。ところが、長田の名前で予約はない。

「お客さまのお名前では、ご予約を承っていないようですが」

大原が言うと長田は《あ、そうか》と頭をかく。

「クロサワで予約してあります。あの……知人にやってもらったもので」

怪しい。そうは感じながらも、大原は深入りしなかった。急きょ行けなくなった知人の代わりに泊まりに来る客など、べつだんめずらしくもない。先に記入してもらったカードのほうに偽りがなければ、こちらとしては問題ない。

調べ直すと、黒沢の名前で605号室を押さえてあった。ひとりで使うにはやや広めだが、至って普通の客室である。若干の嫌味も込め、大原は言う。

「今日は平日で空室がございますので、割安の追加料金でより豪華なセミスイートのお部屋にランクアップさせることも可能ですが、いかがいたしましょう」

長田は困惑気味に、

「せ、セミスイートですか。結構です。そんなお金はない」

「またまた。いっぱい持ってるでしょうに。知ってるんですよ」

すると長田は、餅を喉に詰まらせでもしたかのような顔をした。声を潜めて問う。

「あんた、何を知ってるんだ。関係者なのか」

「関係者と言いますか、昨日のことなら知っておりますが」

「とにかくおれはいま、金なんて持ってない。これから受け取るにしても、だ」

大原は内心で首をかしげる。これから受け取るということは、昨日の麻雀ではツケにしておいたので、清算はまだということだろうか。

何にせよ、605号室の利用である。見たところ長田の荷物はアタッシェケースがひとつ。客室まで案内をつける必要がある。

ちょうどホテルのエントランスのほうから、ベルガールがひとり戻ってきたところだった。大原は手を口に添え、彼女に向けて呼びかけた。

「落合君。こちらのお客さまを頼むよ」

1

落合千代子はその日、機嫌がよかった。

あいにくの雨天となった前日、千代子はGPホテルに宿泊していた外国人夫妻の接客に回された。愛想こそいいがこまごまとした注文で何度も呼び出され、しかも互いに母語ではない英語での会話だったから意思疎通さえ困難で、都度ロビーと客室を行ったり来たりしながらの、いつになくハードな勤務となった。それでも今日、無事にチェックアウトを迎えた夫妻をエントランスで見送ろうとしたところ、奥さんのほうが千代子に歩み寄り、彼女の手を取りながら何ごとかを言った。

聞き取れた限りでは、これは感謝の証《あかし》だとか何とか、そんな類の言葉だったと思う。千代子が手を開くと、そこには夫妻の母国で作られているとおぼしき、見たことのないものが握らされていた。

今年の春にGPホテルで働き始めたばかりで、こんな経験は初めてだった。千代子は感激し、宝物にしようと誓った。ふと見上げれば、雨上がりの爽やかな青空が広がっている。ありがとう神様、今日はいい一日になりそうです――まさかこの日、彼女の身に人生最大の危機が訪れようとは、思いもよらなかったのである。

鼻歌など歌いつつ、エントランスをくぐってロビーに戻る。と、フロントのほうから声がした。

「落合君。こちらのお客さまを頼むよ」

フロント主任の大原俊郎が、千代子を名指しで呼んでいる。

一息つく間もないなと思うが、このときの千代子は無敵である。もらったばかりの宝物を握った手をポケットに突っ込むと、跳ねるようにしてフロントへ向かい、大原から605号室のキーを受け取った。客の名前は長田というらしい。

「では長田さま、お荷物おあずかりします」

言ってすぐ、おや、と思った。千代子が手を差し出したとき、客が一瞬、荷物を渡すのをためらう素振りを見せたのだ。

大原と同じくらいの年齢の、若い千代子にしてみれば《おじさん》である。体格は引き締まって見えるものの、頭ははげていて、全体的にくたびれた感じがする。白のセーターに黒のスラックスという組み合わせはいいとして、なぜダボダボのサイズを着るのだろうか。そのあたりがどうも、ひと昔前のセンスという気がしてならない。

長田の荷物は、新品と見まがうようなピカピカのアタッシェケースのみだった。新品だから、人に持たせるのは気が進まなかったのだろうか。しかしもう一度手を差し出すと、今度は素直に渡してくる。単純に、女性に荷物を持たせるのを遠慮したのかもしれない。そういう客は意外と少なくない。

エレベーターで六階まで上がる。長田は千代子の背後でそわそわして、挙動不審だ。その様子に気を取られていた千代子は、足元への注意がおろそかになっていた。客室のミニバー用の伝票が、廊下に落ちていることに気づかず、踏んづけて足を滑らせる。

「――ぎゃん！」

長田のアタッシェケースごと、派手に転倒した。入社一日目にして、大勢の先輩社員の前ですっ転び、《おっちょこちょよこ》とあだ名をつけられた彼女である。たとえ今日がいい一日になろうと、もしくは人生最大の危機が訪れる日であろうと、本質は変わらない。

「お、おい！　気をつけろよ」

長田は青ざめ、大声を上げる。したたかに打ったあごをさすりながら千代子は、大慌てで謝った。

「た、大変申し訳ございません」

「まったく、大事な荷物なのに……」

長田は千代子の放り出したアタッシェケースを心配そうになでている。そのさまを見ながら千代子は、そんなに大事なものなら自分で運べばよかったじゃん、と思った。これは完全なる逆ギレである。ろくでもないベルガールだ。というか、ろくでもない人間だ。

以降は長田が荷物を持ち、６０５号室の前にたどり着いた。千代子はポケットからキーを取り出し、鍵を開けて長田を招き入れる。ひととおり客室の説明をするが、広めのワンルームにベッドが二台とソファとローテーブル、あとはテレビがあったり電気ポットがあったり、要するにごく普通の客室である。長田も千代子の話の半分以上を聞き流しているようだった。

「それではごゆっくりどうぞ」

長田にキーを渡して千代子は６０５号室を辞し、フロントに戻った。とたんに、先輩の二宮宏人が声をかけてくる。

「おっちょこ、さてはまた何かやらかしたな」

――なぜわかるのか。千代子は戦慄《せんりつ》した。

二宮は五年前のＧＰホテル開業当初から、コンシェルジュとして勤めている先輩だ。仕事面ではきわめて有能で、そのぶん不出来な後輩には厳しく、特になぜかやたらと千代子に突っかかってくる。きっと自分みたいな、人生を器用に生きていけない人間の苦労がわからないから、あんなに意地悪になれるのだ――そう思った千代子は入社以来、ずっとこの先輩の欠点を探し続けているけれど、仕事だけでなく見た目も端正だし、いまのところ揚げ足すら取ることができていない。

とはいえ最近、千代子が大原から聞いたところによれば、二宮にはひとつ、よく知られた欠点があるそうだ。かつてはそれを同僚にからかわれていた時期もあったようなのだが、肝心の欠点が何なのかを聞き出す前に、当の二宮が現れて大原の口をふさいでしまった。以降、二宮が何かと目を光らせているので、千代子は大原にその先を訊ねられないでいる。

動揺を押し隠し、千代子は二宮のほうを振り向いた。

「な、何もやらかしてなんていませんよ。どうしてそう思うんですか」

「見りゃわかるんだよ。《セーフ！》って顔してただろ。落合がその顔するのは、何かやらかしたときだ」

「二宮さん、どんだけあたしの顔見てるんですか。あ、ひょっとしてあたしのこと好きなんです？」

「ち、違うよバカ。落合がミスを隠そうとしたらろくなことにならないから、未然に防ぐべく監視してるんだよ」

「またまた、照れちゃって。素直に白状してもいいんですよ、見とれてたって」

「……ほんとムカつくな、おっちょこめ」

　この舌戦は千代子の勝ちであった。何せ今日の彼女はまだまだ機嫌がよく、二宮の嫌味も柳に風と受け流してしまえる。二宮は早々に、千代子が何をやらかしたのか追及する気力を失ったようだった。

　持ち場へ戻る二宮を見ながら、千代子は満足げに微笑む。それもこれも、外国人夫妻からいただいた宝物のおかげだ。いま一度じっくりながめようと、彼女は制服のポケットに手を入れる、が——。

「あれ、ない！」

　左右のポケットをがさごそとやり、さらに裏地をひっくり返す。ない。ポケットの中は空だった。

「どうかしたのかね。落合君」

　大原が気にかけてくれるが、この人はケチなことで有名だ。宝物を落としたことを知られるわけにはいかない。

「いえ、ちょっと私物をなくしてしまったみたいで。おほほ」

《私物》の部分を強調しつつ、千代子はそそくさとフロントを離れる。落としたとしたらどこか、必死で頭をめぐらせ、そういえば、と思い出す。

宝物を受け取ってすぐフロントに呼ばれ、ポケットに突っ込んだところまでは憶えている。そのポケットにキーを入れ、６０５号室の前で取り出した。きっと、あのとき落としたに違いない。

千代子はロビーの片隅に立ち、視線を走らせる。幸いフロントの列に残る客はあと一、二組。ほかのベルガールも脇に待機しており、人手は足りそうだ。千代子の動向に注意を向けている従業員はいない。さっと六階へ拾いにいけば、誰にも気づかれずに済むだろう。

折しも背後のエレベーターホールに、無人のエレベーターが到着したところだった。千代子はするりと乗り込んで扉を閉め、《6》のボタンを押した。

二

長田孝義《たかよし》はその日、絶望の淵《ふち》に沈んでいた。

それでもＧＰホテルの６０５号室でひとりきりになると、やっと少しだけ人心地がついた。つかの間の安息だとわかっているから、ソファに座り込むにもぐったりしてしまう。ふかふかの感触が、平和ボケしているみたいでかえって恨めしかった。

ローテーブルの上に置いた、アタッシェケースをにらみつける。これを運ぶ途中で転んだベルガールも、何らかの事情を把握している風だったフロントの男も、誰も彼もが敵に思えて気味が悪く、神経を摩耗させられた。だが、それももはやどうでもいい。とにかくこの取引を終え、さっさと自由の身になりたい。

肺が裏返るようなため息をつく。どうしてこんなことになってしまったのか——。

五十歳になった現在でこそ、長田はさえない風体の中年男だ。けれどもかつて、彼はプロのサッカー選手だった。

日本でプロサッカーリーグが開幕して社会現象になったころ、長田は二十代後半で、選手として脂が乗っていた時期だった。千葉県のチームに所属し、ことにキックの精度が高く、数々の芸術的なパスやゴールを生んできた。日本代表入りこそなかったものの、チームでは主力選手として活躍した。

あるとき決勝点を決めた試合のヒーローインタビューで、長田は次のように語った。

「私は人一倍目がいいようで、ボールを蹴る際に、この方向に蹴ればいいという、光の筋のようなものが見えるんです」

この一言はサポーターのあいだで瞬く間に有名となり、以降、長田は《神の目》の二つ名で知られるようになった。それは実際に誇張でもなく、全盛期の長田には確かに光の筋が見えることがあり、そういうときはただ光のとおりに蹴るだけで成果に結びついたものだった。

《守るべきものがある選手は長くやれる》という周囲の声もあって、長田は二十代前半のうちに、つまりプロリーグができる前に結婚した。けれどもリーグ開幕すると、サッカー選手の私生活は華やかになり、長田も既婚者でありながら頻繁に夜の街へ繰り出しては遊んでいた。周りにもそうした選手は多く、金遣いは荒いものの結構な額の年俸をもらってもいたので、妻は表立って文句を言わなかった。ただ、そんな生活が影響したからか、長田は妻とのあいだになかなか子を授からなかった。

大きな転機を迎えたのは、長田が三十歳になった年だった。

まず、待望の第一子が誕生した。長田はわが子にサッカーを教え込みたく男の子を望んだが、生まれたのは女の子だった。すぐに二人目を欲しがった長田とは対照的に、妻は出産や子育ての苦労、また初めての妊娠まで月日がかかったことなどを理由に、ひとりでじゅうぶんだというようなことを口にした。《子はかすがい》の金言とは裏腹に、このころより夫婦間の溝は際立って深まることとなった。

するとどういうわけか、ほどなくして長田の神の目は、機能を失った。光の筋を描くのをやめてしまったのだ。いわゆるイップスかとも思われたものの機能が回復することはなく、キックの精度が急激に落ちた長田は試合に起用されることもなくなり、あっという間に引退へと追い込まれた。娘がまだ、小学校にも上がっていないころのことだった。

天性の素質に頼ってプレーしていた長田は指導者にも向かず、早々にサッカー業界を離れ、以後は職を転々とすることとなった。収入はプロ選手時代とは雲泥の差だったが、困ったことに金銭感覚はほとんど矯正されず、長田のそうした生活態度に愛想を尽かした妻からはますます距離を置かれるようになった。

十年前、不惑を迎えたころ、長田は妻から離婚を切り出された。強情を張って引き止めもしないうちに離婚が成立し、妻は娘を連れて彼のもとを去った。それから十年が経ち、長田は現在、歳の割に体格がいいことを生かして警備のアルバイトで口を糊《のり》している。自業自得だが、わびしい生活。わずかな給料も酒やギャンブルに消え、かつての華やかな暮らしぶりは見る影もない。

——だが、昨日は違った。そのはずだった。

選手時代よりいまに至るまで、勝負事は好物である。昨日も雀荘に足を運んだところ、おもしろいようにいい役で上がれた。読みの鋭さは神の目の復活かと思われるほどで、雀荘を出るころには懐がかなり暖かくなっていた。

いい気になった長田は、久々に夜の街へ繰り出すことにした。すぐに通りのキャッチに捕まる。

「ウチのキャバクラ、いい子いっぱい。お金、安いよ」

片言なのが気にかかったが、そのときの長田は全能感に溺れ、警戒心がバカになっていた。キャッチの案内で店に行くと、すぐさま嬢がつく。器量は十人並み、愛想もよくなく、若さだけが取り柄と言いたくなるような女だった。

とはいえ長田もさすがに、出会って早々にちやほやされることを期待するほどうぬぼれてはいない。飲み始めるとさっそく、彼は経歴を明かした。

「おれは長田孝義っていって、元プロサッカー選手なんだぞ」

これで女の自分を見る目も変わるに違いない、と踏んでいた。ところが女は、さしたる興味も示さない。

「ふぅん。アタシ、○○選手が好き」

日本代表選手の名前を挙げる。甘いマスクで、特に女性に人気の選手だった。長田は鼻で笑う。

「〇〇なんかちっともうまくない。おれの現役時代のほうがはるかにすごかったぞ」

「じゃあ、お客さんは日本代表だったの」

「いいや……当時の代表監督の目指すチームと、おれのプレースタイルは合わなかったんだな」

「何それ。要するに〇〇選手のほうがうまいってことじゃん。見た目もかっこいいし」

「黙れ。サッカーのことを何も知らない小娘が」

カッとなり、立ち上がる。女は後ろを振り返って叫んだ。

「ちょっと、店長ー！」

出てきたのは、不穏な空気を全身から発散する、やはり日本語が怪しい黒服の男だった。

「困るね、お客さん。あの張り紙が見えないか。女の子が嫌がることとしたら、罰金百万円ね」

店内が暗くてまったく読めない張り紙のほうを一瞥し、長田は声を荒らげる。

「百万だって！　あんたら、そういう手口のぼったくりか――」

机をドンと蹴られ、長田は絶句した。

「逆らわないほうがいいね。あんた、元サッカー選手だって？　女の子が襲われたって通報すれば、マスコミはすぐ飛びつくね。そうすればあんた、もうまっとうに生きてはいけないよ」

こんなあからさまな違法営業の店が通報などとは笑止千万だが、とにかく脅されていることはわかった。酔った脳に遅れて理解が追いつき、長田は青ざめる。

「でも、百万なんて大金、持ってるわけが……」

すると店長は、顔を近づけてすごむ。吐息が煙草《たばこ》くさかった。

「なら仕方ないね。これからワタシの言うこと聞けば、チャラにしてやる」

「言うこと？」

「とっても簡単。明日、ある場所に荷物を運んで、代わりに金を受け取って帰ってくるだけ」

《運び屋》というフレーズが、長田の頭にぱっと浮かんだ。間違いなく、組織犯罪に手を貸すことになる。けれども逆らえば、生きて帰れる保証すらないだろう。したがうしかない。

初めから、そういうつもりだったのだ。適当に客を入れつつ取引に使えそうな人間を選別し、従業員の女にわざと揉めごとを起こさせる。取引にはさまざまな危険がともなうから、いつでも足を切れる人間に運び屋をやらせるのだろう。長田は怪しげなキャッチについていった自分のうかつさを呪ったが、後悔先に立たずとはこのことだった。

結局、今朝まで店に監禁された長田は、アタッシェケースを持たされ、行き先のホテルを指示されて店を出た。自分の荷物は没収され、代わりに取引先と連絡を取るためのスマートフォンを貸与されている。交通費もそのスマートフォンで支払えるようになっているらしい。ホテルの客室は取引相手が《黒沢》の名前で押さえているとのことだった。

「逃げようなんて考えないほうがいいね。すぐにあんたの名前が、鬼畜の所業とともに新聞や週刊誌に載ることになるね」

送り出す際の店長の言葉を聞いて、自分の名前にそれほどの価値があるだろうかと疑問に思ったが、もはや正常な判断を下せる状態にはなかった。

――こうして長田は指示どおり、GPホテルへとやってきたのだ。

ソファに腰かけたままぼんやりしながら、現役時代なら百万円なんて楽々払えたのに、と嘆く。仮にあの場でお金を払っていたら無事に逃げられていたのか、それはわからない。けれどもこんな犯罪の片棒を担がされるくらいなら、百万円くらい喜んで払っただろう。残念ながら、いまの長田にそんな経済力はなかった。

アタッシェケースに手をかける。ダイヤル式のロックがかかっているはずだったが、抵抗なく開いた。さっきベルガールが転んだ際に、壊れてしまったのだろうか。

中にはいかにも旅行客らしい衣類や洗面道具、何かと役に立ちそうな粘着テープやはさみなどのほか、ひときわ目立つクマのぬいぐるみが入っている。千葉県内の某テーマパークのお土産として有名なそのぬいぐるみが、今回の取引の対象物だそうで、「一キログラムで五千万円」とかいう話を耳にした。大きさは二十センチかそこらだが、持ってみるとなるほど見た目に反してずっしり重い。内側の綿を抜いて、代わりに一キログラムの違法薬物を詰めてあるに違いなかった。

ふと思い立ち、スマートフォンでアタッシェケースの中身を写真に撮る。ここまで運んだことで長田の任務は、少なくとも半分はまっとうされたと言える。何かあった場合に備え、証拠を残しておくに越したことはない。

脅されてのこととはいえ犯罪行為に手を染めているという絶望的な状況の中、かわいらしいクマのぬいぐるみがひどく場違いだ。撮影を続けていると、長田は唐突に娘のことを思い出した。

幼いころ、ひとりっ子の娘はぬいぐるみが大好きで、いつもぬいぐるみを相手に遊んでいた。かわいいもんだった。なのに長田は現役を退き、指導者の道も閉ざされてしまうと、その娘に面と向かってこんなことを口走るようになった。

――おまえが息子だったら、サッカーのジュニアチームにでも入れて、そこの指導者になれたのになぁ。

娘は決まってよくわからないという顔をしたが、思い返せばあのころから徐々に、娘は自分になつかなくなっていった。離婚から十年が経ったいまではもう、連絡先さえ知らされていない。

娘は今年、成人を迎えたはずである。美人の妻に似ればよかったものを、幼少期は父親の自分にうり二つだった。それでもはたちになれば少しは女らしくなっていることだろう。そう、年齢からいってもちょうどさっきのベルガールみたいに、特別美人ではないがそこそこ愛嬌《あいきょう》はあるというような――。

手にしていたスマートフォンの着信音が鳴り、長田はわれに返った。

「……はい、もしもし」

おそるおそる電話に出ると、低くどすの利いた声が返ってくる。

「長田だな。黒沢だ。そっちはもう、ピッチにいるのか」

ピッチ？　聞き間違いだろうかと思いつつ、長田は答える。

「あ、605号室にいます」

「そうか。いや、俺も入ろうとしたんだが、従業員が部屋の前をうろちょろしてて入れなかったんだ。あるよな、ケガでいったんピッチの外に出た選手を、主審がなかなか入れてくれないこと。そのあいだに失点したらどう責任取ってくれんだっつうの」

何を言っているのだ、この男は？　長田はとみに不安を覚える。

「従業員なんて、無視して入っちゃえばいいんじゃないんですか」

「バカ野郎、これだから素人《しろうと》は。従業員の目に留まるようなことして、マークされちまったらおしまいなんだよ。しょうがないから、ひとまず退却した」

「それで、電話をしてきたのは……」

「廊下にいる従業員を追い払ってくれ。その隙に俺が部屋に入るから。フリーキックのときにうまいことマークを外すみたいな要領だ」

「でも、ドアはオートロックですよ。黒沢さんがキーを持っていなければ、どのみち部屋へは入れません」

「そんなの、ドアに何かはさんでおけばいいだろうが。うまくやれよ」

電話が切れる。何だか調子が狂うな、と長田は思った。こちらは急ごしらえの運び屋だが、黒沢はカタギではないはずだ。どんなにか怖い人が来るのだろうとおびえていたのに、相手は会話の端々にサッカーにまつわる用語を盛り込んできたりして、まるで緊張感がない。

とはいえ無視するわけにもいかない。長田はアタッシェケースを元どおりに閉じる。一応確かめてはみたものの、やはりロックはかからなかった。

入り口の脇に黒い三角のドアストッパーが置いてあったので、それをドアに噛ませていくことにした。一瞬、アタッシェケースを残していくことにためらいを感じたが、スタッフを追い払うのに荷物を持っていくのもそれはそれで不自然だ。

——まぁ、すぐに戻ってくれば大丈夫だろう。自分の前に、黒沢さんが入ってくれるはずだし。

長田はドアを開け、６０５号室の外に出た。

3

六階へ上がった千代子は、６０５号室のドアの前まで戻ってきていた。

途中の廊下も気をつけて歩いた。特に、長田の荷物を抱えて転倒した箇所では念入りに捜したが、宝物は落ちていなかった。となるとやはり、ポケットからキーを出したときに落としたとしか考えられない。

だが結論から言えば、これも事実のとおりではなかった。605号室の前には何も落ちておらず、千代子は途方に暮れた。

すでに誰かに拾われたのでなければ、残る可能性は605号室の内部である。説明のためにひととおり室内を歩き回ったので、そのとき落としたとしても不思議ではない。しかしそうなると、捜すのはがぜん難しくなる。605号室には、先刻案内したばかりの長田がいるはずだからだ。

一室の前で立ち止まっていると怪しまれかねないので、千代子は廊下を歩き回りながら考える。とりあえず、何とかして長田を部屋の外に追い出さなくてはならない。605号室のキーは手元にないが、フロントへ行けばマスターキーがある。長田がいなくなったあとで、何かしら理由をつけてマスターキーを持ち出すことは可能だろう。

いったいどうすれば、長田を部屋の外に出せるだろうか――悩みながらきびすを返したとき、千代子は605号室の前に、長田とは異なる人影を見た。

長田よりはひと回りほど若そうな男性だ。身に着けたスーツは高級感にあふれ、ルックスも男前である。605号室のドアの脇にあるドアチャイムに指を伸ばしているところだった。

刹那、千代子の思考が高速で駆けめぐる。何者かはわからないが彼は605号室に、すなわち長田に用事があるようだ。うまくいけば、これから二人は連れ立って部屋を出ていくかもしれない。しかし、反対に二人で部屋にこもってしまうおそれもある。

用件を確かめたほうがいい。千代子は男性に向かって大声を発した。

「お、お客さま！」

すると男性はこちらを振り向いた。いま初めて、千代子の存在に気づいたらしい。

「こちらのお部屋に何かご用ですか」

内心の焦りを抑え、にこやかに問いかける。男性は客室のドアを見直したあと、人当たりのよさそうな笑みを浮かべて言った。

「すみません、階を間違えていたようです」

そして速やかにエレベーターホールのほうへ去っていく。千代子は拍子抜けした。

――長田を外に出すチャンスかと思ったのに。でも、いい男だったな。

けれどもそのわずか数分後、今度は長田がみずから605号室を出てきたのである。

目の前でドアがガチャリと音を立てた瞬間、千代子は心臓が止まるかと思った。ホテルのスタッフである以上、姿を見られても適当にごまかすことはできただろうが、このときの千代子は敵の本丸に単身乗り込む〝くノ一〟の心境だったのだ。

ＧＰホテルの客室のある階は、おおまかにアルファベットのＨのような形をしている。客室のある二つの平行な棟を、中央でエレベーターホールがつないでいるといった具合だ。

６０５号室からエレベーターホールまでは、十メートル強の距離があった。千代子はその廊下を、目撃されても怪しまれないギリギリの速度で駆け抜けた。エレベーターホールにたどり着き角に身を潜めて、来た道を振り返る。

長田が千代子に気づいた様子はなかった。彼は６０５号室のドアに、ストッパーを嚙ませているところだったのだ。ストッパーはうまく嚙ませないと、ドアの重みで引きずられてしまう。ために長田は、何度かやり直しているらしかった。

なぜドアを留めようとしているのかはわからないものの、間一髪だった。が、そう思ったのもつかの間、今度はすぐそばでチンと音が鳴ってエレベーターが六階に到着する。千代子は反対側の棟に隠れ、様子をうかがった。

「おーい、落合。……ったく、どこ行ったんだよ、あいつ」

険しい顔でエレベーターから降りてきたのは、二宮だった。なかなか持ち場に戻らない千代子を捜しにきたらしく、独り言をつぶやきながらきょろきょろあたりを見回している。

「トラブルにでも巻き込まれてるんじゃなきゃいいけど……さっきも何かやらかしてたみたいだし、大丈夫かな……」

――心配してくれてるんだ……二宮さん、やっぱりあたしのこと……。

千代子はそのようなことを一瞬考えたが、ロマンチックな気分に浸っている場合ではない。こちらの棟に来られたらもう逃げ場はなかったけれど、二宮は千代子がいるのとは逆方向、つまり605号室のある棟へ向かって歩き出す。

と、そこに長田が姿を見せた。

「あの、すみません」

「はい、何でしょう」

二宮はすぐに、千代子には向けたことのないような笑顔を見せる。

「えっと、お腹が空《す》いたんでどこか、ごはんを食べに行きたいんですけど……この辺に、おすすめのレストランってありますか」

長田はいやにぎこちない口調で訊ねた。はた目には親子ほども歳の離れた二人である。何をそんなに緊張することがあるのだろうか、と千代子は思う。

「当ホテルにもレストランはございますが」

「いえ、あの、できれば外に行きたくて……そうだ、このあたりの地図がもらえるとありがたいんですけど」

「地図ですね。フロントにございます」

二宮が長田をエレベーターにうながし、二人は一階まで下っていった。しめた。千代子は605号室へと急ぐ。二宮が長田をフロントに連れていってくれたおかげで、605号室は現在無人となった。これから長田が食事に行くのなら、しばらくは戻ってこないだろう。しかも長田はどういうわけか、ドアにストッパーを嚙ませていったのだ。

――ありがとう、二宮さん。ずっとあなたのことが苦手だったけど、いまだけはあなたの気持ちに応えてもいいかもと思い始めています。

605号室の前に戻ると、果たしてドアは隙間が空いていた。不用心だとは思うけれど、食事に行くのなら財布は持っているはずだ。ほかに貴重品はなく、換気でもしたかったのだろう。

千代子はさっと室内に滑り込む。ドアの周辺、ベッドの下、窓際のあたりまで目を皿にして捜すが、宝物は見当たらない。部屋の中に落ちてはいないようだ。

よしんばここに落としたのだとしても、先に長田が発見していたら、十中八九、彼はそれを自分のものにしてしまったことだろう。やっぱりもう、あきらめるしかないのかしら。ここまで来て——歯ぎしりをしながら、千代子が落ち着きなく動き回っていたときだった。

「あ痛っ！」

ローテーブルからはみ出すように置かれていた長田のアタッシェケースに、千代子はひざをぶつけてしまった。このくらいのおっちょこちょいは日常茶飯事なので、彼女の足には生傷が絶えない。

はずみでアタッシェケースは床に落下し、ぱっかーんと開いてしまった。涙目でひざをさすりながら千代子は、せっかくのダイヤル式のロックをせずに出かけたのかな、なんて不用心なんだろう、と思う。自分が転んだときに壊してしまったのかもしれない、ということは一瞬たりとも脳裡《のうり》をよぎらない。

——そういえば、さっき605号室の前で声をかけた男の人も、これと同じようなアタッシェケースを持ってたっけ。流行《はや》ってるのかな？

千代子は散らばった荷物をアタッシェケースにしまい始める。衣類や洗面道具だけでなく、粘着テープやはさみを携行しているあたりに、備えあれば憂いなしの精神を感じる。ただひとつ、千葉県内の某テーマパークでしか売っていないクマのぬいぐるみが、異様といえば異様だった。

娘へのお土産か何かだろうか。でも、長田がテーマパークにひとりで？　千代子はかがみ込んだひざの上にぬいぐるみを載せてためつすがめつする、と――。

ふいに、かすかな物音がした。

息を呑み、耳をこらす。

間違いない。誰かが廊下を歩いて、こちらに近づいてくる。

千代子は大慌てで残りの荷物をアタッシェケースに詰めた。まさか、長田がもう戻ってきた？　考えてみればドアを開けっぱなしにしていったのだから、長田はレストランのことを聞いたあと、いったん６０５号室に戻ってくるつもりだったのだ。むろん足音が６０５号室を目指していると決まったわけではなかったが、とにかく千代子は乱暴にアタッシェケースを閉じて、テーブルに載せた。

足音がドアの外で止まる。どこかに身を隠さなくては――だがそのとき、千代子の目に信じられないものが飛び込んできた。

クマのぬいぐるみが、床にころんと転がっている。アタッシェケースに入れ忘れたのだ。

ぬいぐるみが生きてケースをはい出るわけはないのだから、あれが見つかれば室内に何者かが侵入したことは、たちまち長田に悟られてしまう。かといって、またケースを開けてぬいぐるみを入れている余裕はない。

　では、ぬいぐるみが長田の目に触れなければどうか。せっかくチェックインを済ませたのだし、レストランに出かけるのにわざわざアタッシェケースを持ち出しはしないだろう。だとしたら、ケースを開けずに再び部屋を出ていくことはじゅうぶん考えられる。そのあとでぬいぐるみを詰め直しておけば、長田にとって疑わしいことは何もなくなる。

　迷っている暇はなかった。千代子がぬいぐるみの首をつかんで605号室内のある場所に身を隠すのと、入り口のドアが開いたのはほぼ同時だった。

四

　フロントでの男性従業員の案内を切り上げ、長田が605号室に戻ってくると、室内には先客がいた。

「――よぉ。長田選手」

　ソファでふんぞり返っていた男は、長田を見るなり、口元をにやりとゆがめた。

　先ほど電話で聞いたばかりの声だ。ということは、彼が黒沢なのだろう。ガラの悪い風貌を想像していたが、見た目はこぎれいなサラリーマンといった感じである。ただし、表情や声色にはそれなりの迫力があった。

「選手だなんてやめてください……昔の話です」

長田はドアに噛ませていたストッパーを外しながらぼやいた。ドアがぴったり閉まるのを待って、黒沢が続ける。

「こんなところで会えるとはなぁ。これでも昔はファンだったんだぜ。地元のチーム、応援してたからよ」

「はぁ、それはどうも……」

「あのころのあんたはすごかった。たとえ一点差で負けてても、いい位置でファウルもらえたら、これで試合は振り出しだって信じられたもんだぜ。あんたの神の目のおかげでな」

「大げさですよ。結局、代表入りだってなかったんですから」

奇妙な環境で褒められ、長田の感情は複雑に乱れる。

「しかしあの長田選手が、いまやこんなしょぼくれたオヤジになって、しかもクスリの運び屋なんてなぁ……まったく、夢を壊してくれるねぇ」

黒沢は嬉々《きき》として言う。言葉を失う長田に、追い打ちをかけた。

「あんた、何のためにサッカーやってたんだろうな」

——何のためにサッカーやってたの。

いつか耳にした言葉が、黒沢の台詞と重なる。長田はかぶりを振って記憶を追い払い、話を変えた。

「それにしても、どうしてこんなアクセスの悪いホテルで取引なんてやるんです」

黒沢は少し、つまらなそうにした。「人目が少ないからな。審判が見てなけりゃ、ファウルしたってかまわないっつう話だ」

またサッカーにたとえている。どうも、かつてファンだった選手に会えたことで浮かれているようだ。まさか、日常的にこのようなたとえを多用しているわけではあるまい。

「人目が少ない……そうでもないように感じましたけど」

長田がGPホテルにやってきたとき、ロビーには列ができていた。平日の昼間でこれならけっこうにぎわっているのだな、と感じたものである。

「前はいつ潰れてもおかしくないくらいガラガラで、立地にかけて《崖っぷちホテル》とまで言われてたんだ。けど今年に入って、ちょっとずつ人気が出てきてるみたいでよ」

何でも夏の終わりごろから、このホテルのプライベートビーチに面した崖で大事な人とともに波の音を聞くと、その人とずっと一緒にいられるというジンクスがまことしやかに語られるようになったらしい。どうせホテルの関係者が客寄せのためにデタラメ流したんだろうが、と黒沢は唾棄するように言った。

「なるほど。以前はこういった取引におあつらえ向きのホテルだったんですね」

「そういうことだ。なのにいつの間にか客が増えやがって、うっとうしいったらありゃしねぇ。地元のチームが強くなったとたん、応援し出すにわかサポーターみたいで虫唾《むしず》が走るぜ」

たとえこのホテルが崖っぷちの汚名を返上しようとも、目下自分の置かれている状況が崖っぷちであることに変わりはない。長田はげっそりし、この話もやめようと思った。

「とにかく、黒沢さんが無事に部屋に入れてよかったです」

「うるせぇ女だったよ。若かったし、ルーキーで張り切ってるのか知らないが、普通は客室に入る客にいちいち声かけたりしないだろう。もう少しで手が出るところだったぜ。レッドカードなんてことになると面倒だから、階を間違えたことにしてやり過ごしたけどよ」

「女？」長田は反射的に訊き返す。「私が追い払った従業員は男でしたが」

「そうなのか？　ま、部屋に入れたんだからどっちでもいいが」

黒沢は歯牙にもかけない。それもそうか、と長田は思った。

「じゃ、いよいよ本題に入るか。キックオフだな」

黒沢はローテーブルの上、長田が運んできたアタッシェケースの隣に、まったく同じケースを並べた。ホテルを出るときに荷物が変わっていたら従業員に怪しまれるかもしれないので、ここでアタッシェケースごと交換する手はずになっているのだ。

ダイヤル式のロックを解除して、黒沢はアタッシェケースを開ける。中には札束が詰まっていた。

「約束の五千万円だ。確認しろ」

長田はローテーブルのそばにひざを突き、震える手で札束の数を数えた。ちゃんと五十束入っている。このうちのひとつでも自分のもので、昨日罰金として支払えていればこんな目に遭わずに済んだのに。そう思うと無性に泣けてきた。

念のため、札束のいくつかを手に取り、すべて一万円札であることを確かめる。札束の一番上と下だけを一万円札にして、あいだを切りそろえた新聞紙にするといったような、サスペンスドラマで見たことのある手口なども使われていなかった。

「んなことするわけねぇだろうが。おまえはただのテストプレーヤーだが、バックにいるのは大事なお得意先なんだからよ。うちのチームの沽券《こけん》にかかわる」

黒沢は呆れ顔で煙草を吸っていた。

続いて長田のケースを開ける番になる。ロックを外す素振りを見せない長田を、黒沢が火の点《つ》いた煙草の先で指した。

「ロックしてないのか」

「はぁ、実はさっきホテルの従業員に運ばせたところ、そいつが廊下で転んでしまいまして……どうも、そのときに壊れたみたいで」

「自分で持てよバカ野郎。運び屋が他人にブツを運ばせてどうするんだ。サッカー選手だってバスを降りるとき、ちゃんと自分でバッグ担いでるだろうが」

確かにその場面テレビでよく見るけど、状況によるよ。そう思いながらも長田は一応、謝っておいた。

「すみません……あれ?」

ケースを開けた直後、長田は頭が真っ白になった。

「どういうことだ。例のブツは、ぬいぐるみに包んであると聞いたが」

黒沢の言葉で、室温が二度ほど下がったように感じられた。

アタッシェケースの中にぬいぐるみはなかった。それだけではない。つい数十分前に開けたときにはきれいに収まっていたはずの荷物が、まるで荒らされたみたいにぐちゃぐちゃになっていたのだ。

「てめぇ、まさかブツをがめようってんじゃねぇだろうな」

　黒沢がすごむので、長田は震え上がる。

「そ、そんなことするわけが……」

「ありゃ五千万、いや末端価格ならもっと値の張る代物だ。だけどな、長田選手。あんまり無茶なこと考えるもんじゃないぜ。そんなことすりゃおまえはレッドカードどころか永久追放だ。むろん、この世からな」

「待ってください。誤解です。この部屋に来たときまでは、確かにケースの中に入ってた」

「現にないだろうが！」

　黒沢はローテーブルを革靴の底で蹴る。キック力は大したことなさそうだな、と場違いなことを考えたところで、長田ははたと思い出した。

「そうだ、証拠があります。私がちゃんと、ぬいぐるみをこの部屋まで運んできたという証拠が」

「証拠だぁ？」

貧乏揺すりをする黒沢に、長田は貸与されたスマートフォンを差し出した。

「黒沢さんがここへ来る前に、写真を撮っておいたんです。ほら」

表示された画像には、アタッシェケースに収まるぬいぐるみが写っている。背景も、どこからどう見たってこの部屋だ。撮影時刻が記録されているから、それが黒沢と電話する直前に撮られたものだということは証明できる。

細めた目で画像を確認し、黒沢は煙草の煙を吐き出した。

「わかった。おまえがここまでブツを運んだことは認めてやる。だが、それでがめてないことにはならないよな。気が変わって、ブツをどこかに隠したのかもしれない」

「隠すって……この部屋のどこかに、ってことですか」

「だろうな。電話を切ってから俺がこの部屋に来るまで、ほとんど時間はかかっていない。その間におまえはホテルの従業員をこの部屋から遠ざけてたわけだ。俺もさすがに、おまえがブツの入ったぬいぐるみをぶら下げてスタッフに声をかけたとは思わねぇ。もちろんアタッシェケースごと持ち出すのも無理だ。俺が入ってきたとき、アタッシェケースはここにあったんだからな」

「捜してみますか。この部屋の中を」

長田が言うと、黒沢は煙草の煙を長田の顔に吹きつけた。

「捜すよ。言われなくても」

煙草をローテーブル上の灰皿に押しつけて潰し、のろのろと立ち上がる。長田も何となくその場に立ち、けれども下手に動くと怒られそうなので、黒沢の後ろで見守ることにした。

初めに黒沢は浴室へ入った。トイレや洗面所と一体になった広めのユニットバスだが、ものを隠せそうな場所は多くない。浴槽を見、洗面台の戸棚を開け、トイレのタンクの蓋にも手をかける。ぬいぐるみはなかった。

部屋に戻ってベッドの下をのぞき、掛け布団をめくる。クローゼットは引き戸で、黒沢はまず右の戸を、次いで左の戸を順に開け、閉めた。全体的に緩慢な動作で、自分で言っておきながらこの部屋にぬいぐるみがあるとは信じていないかのようだ。

窓は事故防止のためか、下側に十五センチほどの隙間が空くだけの横滑り出し窓になっていた。黒沢は最後にそこから地上を見下ろすと、聞こえよがしに舌打ちをした。

「ねぇわ。おまえ、ブツをどこにやったんだよ」

強風が室内に吹き込み、おー寒、とつぶやいて窓を閉める。長田は懸命に訴えた。

「これでわかってもらえたでしょう。私はぬいぐるみを隠してなんかいない」

「まだわかんねぇだろ。やっぱ従業員を追い払うついでに、どこかに隠したのかもしれねぇし」

「そんな」

口をあんぐり開ける。そうは思わない、と先ほど明言したばかりではないか。

こうなったら、みずからほかの可能性を提示するしかない。長田は黒沢が部屋を捜しているあいだに思いついたことを口にした。

「ひょっとして、誰かに盗まれたんじゃないでしょうか」

「盗まれた？」黒沢が眉根を寄せる。「ぬいぐるみなんて誰が盗むんだよ。中身を知っていたんならともかく」

「わかりません……あ、でもそういやフロントの太ったオヤジが、何だか事情を把握しているような口ぶりでした」

《知ってるんですよ》と言われ、背筋が凍ったのを思い出す。

「何だと。本当か」黒沢はあからさまに動揺していた。

「はい。ホテル側にも内通者がいるのかな、と思ってたんですが」

「いや、ありえねぇ。となるとそいつが、何かの弾みに取引のことを知って……」

黒沢が部屋を出ていこうとするので、長田は慌てて引き止めた。

「どこへ行くんです」

「フロントのオヤジを締め上げにいくに決まってんだろうが。よく考えたら、客室はオートロックなんだから、荷物を盗めるのはホテルの従業員しかいねぇんだ」

「そんなことはありません。廊下にいる従業員を追い払うとき、私はこの部屋のドアにストッパーを嚙ましていきましたから。盗むこと自体は誰にでもできたはずです」

「おまえ、何でそんな不用心なことしたんだよ！　自陣のゴールほったらかして前線に出るキーパーか」

怒鳴られて片目をつぶりながらも、長田は思う。あんたがドアに何かはさんでおけって言ったんだよ。

ともかく荒っぽいことはできるだけ避けたい。長田はひとまず、フロントの従業員に罪を着せるのはやめにした。

「私が廊下にいた従業員とフロントに下りてから、黒沢さんがこの部屋に入るまでは、ほんの二、三分しか経っていなかったはずです。その間にこの部屋へ侵入してぬいぐるみを盗み出すなんて、元々この階にいたのでもない限り不可能でしょう。あのオヤジはフロントにいたわけだから……」

そういえばフロントに下りたとき、あのオヤジはいなかった気がするな。長田はそう思い口をつぐんだが、黒沢があとを引き取った。

「俺が来たときはそいつ、まだフロントにいたな。仕事もせずにぼうっと突っ立ってるから目立ってた。まだ前半なのに大量リードされてるチームのサポーターみたいだったよ」

「となると、盗んだのは別の人間かもしれません。この階の利用客とか」

「——ガキだ」

は、と長田は声を洩らす。ガキ？

「俺がこの部屋に来る途中、この階の廊下で金髪のガキとすれ違ったんだよ。スカートはいてて、たぶん外国人だった」

「それが、何か」

「ぬいぐるみっつったらガキだろう。おまえがドアを開けっぱなしで出ていったのを見て、興味本位で部屋に忍び込む。ぬいぐるみを見つけて、これ幸いと自分の部屋に持ち帰る。ありそうな話じゃねぇか」

「そのガキ、ぬいぐるみ持ってたんです？」

「そんなもん、気をつけて見なかったよ。ガキだって、パッと見じゃわからないよう隠し持ってたに決まってんだろ」

二十センチのぬいぐるみなら、背中に隠し持つことくらいはできたかもしれない。何にせよ、黒沢の疑いの矛先が自分から逸れたことに、長田は安堵していた。

「この階の客室を当たってみましょう。外国人の女の子ならひと目でわかるはず。私が一部屋ずつ当たってみますから、黒沢さんはガキやその家族が逃げたりしないよう、エレベーターホールを見張っててくれませんか」

長田は提案する。こうでも言わないと、血の気の多い黒沢が《この階にいる人間を残らず締め上げる》などと言い出しかねないからだ。

「しょうがねぇな……くそ、何でこんな面倒なことになっちまったんだ。このホテルが崖っぷちだったころは外国人の客なんていやしなかったのに、いきなり大型補強みたいな真似《まね》しやがって……」

黒沢はひとしきり文句を吐いてから、長田が妙な行動を起こさないようにとキーをあずかる。長田は彼のあとに続いて、６０５号室を出た。

5

——とんでもないことになった。

千代子は音を立てないために、全身の震えを抑えるので必死だった。

黒沢と呼ばれていた男と長田との、これまでの会話からは疑いようもない。千代子はいま、違法薬物の取引現場に居合わせているのだ。

助けて神様、今日はいい一日になるはずじゃなかったんですか——とはいえ千代子には、客室に忍び込んだ負い目がある。神はそれに対し、重めの罰を与えたに過ぎない。

ともかくここから脱出しないと。長田たちが部屋を出ていく音を聞きながら、千代子は考えた。あんな会話を盗み聞きしてしまったことを彼らに知られたら、無事では済まないだろう。聞かなかったことにしてもいいから、聞かれなかったことにしてもらわないと困る。

直前の発言から現在、黒沢はH形の建物の中央にあたるエレベーターホールにおり、長田はこちらの棟をうろうろしていると見てよさそうだ。うかつに605号室を出ようものなら、たちどころに長田に見つかってしまう。

もっとも、チャンスがないわけではない。長田がいずれかの客室に入る——室内に外国人がいた場合、押し入ることもないとは言えない——か、こちらの棟の部屋を調べ終えて反対側の棟に移れば、千代子はこちらの棟を移動できる。廊下の端、すなわちHの縦棒の先端には非常階段が設置されており、普段は閉鎖されているけれどちょっとした操作で開くはずだ。どう考えても非常事態だから、それを使うことはいとわない。

　しかし肝心の、この部屋を出ても大丈夫というタイミングを計る方法がない。あいにく千代子は隠密行動中であり、携帯電話や職場内での連絡に用いるPHSといった通信機器を持ち合わせていなかった。部屋の内線で助けを呼ぶことも考えたが、この状況を切り抜けるため、誰に何を指示すればよいのかがわからない。そもそも正直に話したところで、いったい誰が信じてくれるだろう。何とも悲しい自覚だが、千代子は自分が同僚からまったく信用されていないことを知っていた。

　どうしよう――そのとき、千代子は手の中にあるものを見てひらめいた。

　彼女はいまも、クマのぬいぐるみを抱いていた。こんなものを手に取ってしまったばっかりに窮地に立たされることになったのだが、もしかしたらこれを使って、彼らをこの階から遠ざけることができるかもしれない。

　千代子はそっと引き戸を開け、室内に誰もいないことを確認してから、クローゼットの外に出た。

　黒沢がクローゼットの引き戸に手をかけたときは《あ、人生終わったな》と思った。

心の中で両親に先立つ不孝を詫びつつ固まっていると、千代子がいるのとは反対側の戸が開いたので、それが閉まった瞬間に隣の戸の裏側へ移動した。そんなことでごまかせると考えていたわけではなかったが、黒沢はこんなところに人がいるとは思ってもみなかったのか、一瞥しただけですぐに戸を閉めた。助かったことが信じられず、千代子はしばらく自分で頬をつねってみたりしていた。

窓際に寄る。横滑り出し窓を押し開けると、突風が彼女の顔面を叩いた。

長田たちが何としても取り戻したがっている、このクマのぬいぐるみ。いまさら部屋に出現させたところで、何ごともなかったかのように取引が再開されるとは考えられない。

だがこれを、窓から地上へ落としてしまえばどうだろう。発見しだい、取るものもとりあえず彼らは、ぬいぐるみを拾うためにホテルの外へ出るのではなかろうか。六階から地上まではそれなりの高さがある。窓を開閉する音がしていたので黒沢も先刻、地上を目視したものと思われるが、クローゼットの戸を開けたときの様子からしてさほど念入りに見てはいないだろう。一度めに見落としたぬいぐるみに二度めで気づいた、と解釈してくれる可能性は多分にあった。

千代子は窓に頭頂部を押しつけるようにして、真下をのぞく。昨日の雨でぬかるんだ地面が見えた。ホテルのエントランスや駐車場があるのとは反対側で、人通りはない。この重さのぬいぐるみを落としても危険はなさそうだ。

　十五センチの隙間にぬいぐるみをねじ込み、手を離す。ぬいぐるみは数秒後、ちょうど座るような格好で着地した。落下の衝撃で破裂でもしたら厄介だなと思っていたが、ぬかるんだ地面がクッションになってくれたのか、異状はなさそうだった。

　発見してもらわないことには意味がないので、窓は開けたままにしておく。そこに疑問を抱くにしてもぬいぐるみの回収が先決だろう、と踏んだ。どちらかひとりが回収に向かい、もうひとりがこの部屋にとどまるおそれはあったけれど、今度こそ隠されたりしないようにと一緒に行動してくれることを祈るしかなかった。

　ぬいぐるみを手放した以上、下手に動くのは得策ではない。千代子が再びクローゼットに身を潜めると、ほどなく廊下のほうから足音が聞こえてきた。

Interval

　チェックインを待つ客の列が解消されてからも、大原はフロントでぷるぷる震えていた。

――あそこで口三味線《くちじゃみせん》に乗せられて、イーピンを切ったりしなければ……。

昨晩の麻雀での失敗が脳裡によみがえり、頭がカッとなる。雀荘で見かけた長田と再会したことが、屈辱感に拍車をかけていた。

急ぎ足でエントランスをくぐってロビーを通り過ぎていく、客にしては見覚えのない男の、身にまとう高級そうなスーツさえ恨めしい。その足取りをぼんやりながめていた大原は、男が途中で無意識に、紙片のようなものを蹴飛ばしたことに気づいた。

――あれは、もしや……紙幣！

「ちょっと、主任！」

手なずけた部下が悲鳴を上げるのも気にせず、大原はカウンターを飛び越えて駆け出した。体型のせいか普段の動きは鈍重だが、いざというときになると機敏に動けるものである。

スライディングするようにして落ちていた紙片に近づき、拾い上げる。確かにそれは紙幣のようだった。ただし、日本円ではなく外国のそれである。額面を示す《100》というアラビア数字のほかには偽物のアルファベットのような字が並び、中央には馬車らしきものが描かれている。どこの国のものかはわからない。

大原はその紙幣を両手で広げ、天にかざすようにして持ち上げた。

——神はまだ、私を見放してはいなかった！

この通貨の《100》というのが、日本円にしてどのくらい価値があるのか、大原は知らなかった。しかし、たとえば百米ドルなら一万円前後である。文なしになった大原にとって、その金額は神の恵み以外の何ものでもなかった。

紙幣をジャケットのポケットにしまい、喜色満面でフロントへ戻ろうとする。だがそのとき、さらなる欲が頭をもたげた。

神はまだ、自分を見放してはいないようだ。しかし、それならばお慈悲が紙幣一枚ということはないだろう。もっと価値のある何かが、ほかにも手の届く範囲に落ちているはずだ。だとしたら、自分はそれを探しにいく義務がある。神のメッセージを受け取る義務がある。

そのような考え方をする人間だから、麻雀ですっからかんになるまで吸い取られてしまうのだということを、大原は自覚しない。フロントのほうを振り返ると、二宮がカウンターにもたれながら白い目をこちらに向けていた。フロントを離れるにあたって、直属の部下はよく手なずけてあるから障害にならない。だが、二宮宏人は自分を見逃すまい。まずは彼を排除する必要がある。

大原は手を後ろに組み、二宮に近づく。コホン、と咳払いをした。

「二宮君。落合君がしばらく戻っていないようだね。ちょっと、捜しにいってくれないか」

「えっ。自分がですか」

「彼女の教育係という、きみの任を解いた覚えはないよ。それに、戻ってこない後輩を心配して捜しにいくなんて、彼女にアピールする絶好の機会ではないかね。彼女のこと、かわいいと思ってるんだろう？」

　私はちっともそう思わんが、という付け足しは、心の中で止めておいた。

「べ、別に自分はそんなつもりじゃ」

　行きやすいように仕向けたつもりだったのに、二宮にとっては逆効果だったらしく、彼は顔を真っ赤にしながらも、千代子を捜しにいこうとしなかった。何なんだこの男、ちっとも素直じゃないな。中学生かよ。

　しょうがないので、大原は泣き落としに打って出た。

「はぁ。万が一、落合君に命の危険が迫るようなことがあったら、上司である私の責任問題に発展するな……崖っぷちホテルのやることだから、クビも免れないのだろうなぁ。だがそれも、部下の身の安全を思えば仕方のないことさ。あは、あはははは……」

最近は両親の介護費用がかさんでね。そう嘆いて大原が不気味に笑うと、ついに二宮が折れた。

「わかりましたよ。捜しにいけばいいんでしょう……」

ぶつぶつ不平を垂らしながら、二宮はエレベーターホールに消えた。大原はひそかにガッツポーズを作り、何食わぬ顔でフロントを離れる。

まずはロビーを歩き回ったものの、さすがにもうめぼしいものは落ちていなかった。階を移動しようかとも考えたが、エレベーターで二宮たちと鉢合わせになるとばつが悪いので、屋外へ行く。プライベートビーチへ下りる道を往復したり――崖と波の音にまつわるでたらめな噂を流したら、そのせいで客が増えたのは驚くべきことだった――はいつくばって駐車場の車の下をのぞいたりしたが、金目のものは見つからない。

思い余った大原は、ホテルの建物に沿ってぐるりを一周してみることにした。すると崖に面したあたり、エントランスとはちょうど真裏にあたる位置に、何かが落ちているのを発見した。

機敏さを発揮して目標物に駆け寄る。それは、クマのぬいぐるみであった。大原はつかの間、野生のクマのごとき知己のことを連想してぷるぷる震える。拾い上げると見た目より重く、はねた泥でかなり汚れていた。高いところから落とされたらしい、と見当をつける。

ところでこれは何なのであろうか。ただのぬいぐるみのようだが、神が与えたもうたのであるから高価なものには違いない。きっと五千万円とか、そのくらいの価値があるはずだ。

大原は泥だらけのぬいぐるみをフロントに持ち帰った。二宮が先に戻っており、持ち場を離れていた大原にまたしても白い目を向けている。嫌味を言われてはかなわないと、機先を制してこちらから声をかけた。

「二宮君。落合君は見つかったのかね」

「いや、それが捜すことは捜したんですけど、途中でお客さんに捕まっちゃって。近場のレストランを案内してほしいって言うから、フロントに戻ってきたんです」

「だめじゃないか。見つかるまで捜してくれないと」

「はぁ……でも確かに、自分がフロントに戻ってきてから、もう結構な時間が過ぎてるんですよね。落合、ほんとどこに行ったんだろう」

要するに二度は捜しにいかなかったとのことだが、それでも心配になり始めているらしい。

大原は部下の心配などこれっぽっちもしていなかったので、ぬいぐるみをどこかにしまおうとした。二宮が目ざとく呼び止める。

「ていうか大原さん。何ですか、そのぬいぐるみ」

「やらんよ」ぬいぐるみを二宮から遠ざける。

「いりませんよ、すごい汚れてるし……それ、外に落ちてたんですか」

「そうだ。ホテルの裏に落ちていた」

「子供のお客さんが、窓から落としでもしたんですかね。正確な場所を教えてくれますか」

――数分後、大原は二宮を連れて、ぬいぐるみを拾った場所に戻っていた。

「ここだね。ぬかるみが窪んでいる」

「なるほど……そのぬいぐるみ、重いですか」

大原はわざと二宮の手に泥がつくような向きで、ぬいぐるみを持たせた。

「わ、きったね……けっこう重いですね、これ。となると風の影響などは受けず、ほぼ垂直に落下したはずです。つまり、ここから見て真上に窓がある客室に宿泊しているお客さんの持ち物である可能性が高い」

一部屋ずつ当たってみましょう。二宮がそう提案するので、大原は唇をとがらせた。

「別に返さなくてもよくない？　私が拾ったんだよ？」

「何言ってるんですか。落とし主を捜すくらいのことはしましょうよ。それで見つからなければ、大原さんがもらっても誰も文句言いませんから。何でこんなものが欲しいのかわからないけど」

「そのぬいぐるみには、五千万円くらいの価値があるんだ」

「あるわけないでしょ。とにかく自分、いまからこれ持って上の部屋当たってきますね」

二宮が大原を残して立ち去ろうとしたので、大原ははっとして彼の肩に手を置いた。

「そんなこと言って二宮君、実は私が見ていない隙にこっそり、ぬいぐるみを自分のものにしてしまおうという腹積もりじゃないだろうね」

「はぁ？　だから、自分はこんなものいりませんって……」

「いや、信用できない。私もついていこう」

確然たる口調で告げると、二宮は首をひねりながらも了承した。

「ま、いいですよ。ここで大原さんにあずけてしまえば、間違いなく落とし主を捜さずに済ませようとするでしょうしね。一緒に行きましょう……あ、六階の客室の窓が開いてるみたいですね。まずは六階から当たることにしましょうか」

大原は二宮のあとを追う形で、ホテルの中へと戻る。途中、頭上から男たちの言い争うような声が聞こえてきたが、ぬいぐるみとは関係あるまいと思い、気にも留めなかった。

六

長田は同じ階の客室をすべて当たったが、結局は徒労に終わった。黒沢が見かけたという子供はすでに部屋を出たあとだったのか、外国人にはひとりも出会わなかった。

「どうしてくれんだ、長田選手よぉ」

そろって605号室に戻るなり、黒沢がどすの黒い顔色で詰め寄る。クローゼットの戸に押しつけられて喉が絞まり、長田は声を出すのにも苦労した。

「そう言われても、私だってどうしたらいいか……」

「このままで済むと思うなよ。おまえ、娘がいたよな」

長田はうろたえる。「どうしてそれを」

「言ったろ、昔はファンだったって。そのくらいのことは知ってる」

プロ選手の家族構成なら、当時は報道などでいくらでも知りえただろう。だが、黒沢がそれを記憶していたことに、本当に応援してくれていたのだなという実感が込み上げた。そんなかつてのファンにさえ、いまではすごまれ、暴力を振るわれている。

「このままブツが見つからなかったら、おまえの娘、どうなるかわかってんだろうな」

「そんな……どうか、娘に手を出すのだけは勘弁してください。私はもう十年も前に、妻と子に嫌われて家を出ていかれたんだ。このうえ迷惑をかけたくはない」

――何のためにサッカーやってたの。

いつかの声が耳の奥で鳴る。サッカー選手をやっていなければ、娘なんていない、としらを切ることもできたのに。現役時代は一流選手として活躍しながら、その後の人生を振り返るにつけ、不幸になるためにサッカーをやっていたとしか思えなくなってくる。

「じゃあどうすんだよ！　ここからダイビングヘッドするか！」

黒沢は長田を力ずくで窓際まで引きずり、開いていた窓に頭を押しつけた。十五センチの隙間から、はるか下方に地面が見える。窓が壊れでもしない限り落ちないことはわかっていたが、それでも足がすくんだ。

「や、やめてください……冷静になって、ぬいぐるみの行き先を考えましょうよ」

「考えましょうよ、じゃなくておまえがさっさと見つけろよ！　その、神の目を使ってよぉ」

「神の目なんて、そんなものはとっくに……」

にわかに風が吹いて、長田のはげた頭を冷やした。その瞬間、長田はあることに気がついた。

「黒沢さん、さっきこの窓から下を確かめてましたよね」

「あぁ。それがどうした」

「私もいま地上を見下ろしていますが、ぬいぐるみは落ちていません。だけどあのとき、黒沢さん、確かめたあとで窓を閉めていたような気がするんです」

黒沢の腕に込められた力が、わずかに緩む。

「窓……そういや閉めたな。風が吹き込んで寒いと感じたから、きちんと閉めておいたんだったぜ」

「でしょう？　でもいま、窓は開いてました」

「どういうことだ。キーは俺が持ってたから、おまえに窓を開ける機会はなかったし……」

長田はようやく、黒沢の拘束から解かれた。ぬいぐるみは消失し、窓はひとりでに開いていた。すぐそこに真相が見えている気がするのに、つかめない感じがもどかしい。二人が首をかしげていると――。

突如、ドアチャイムが鳴った。

「誰だ、こんなときに」黒沢は声を押し殺している。

「もしかして、窓際で争う私たちを外から見ていた人がいたのかもしれません」

「にしちゃ早くねぇか。ロスタイム……まだ、ロスタイムにもなっちゃいないだろ」

それはたとえとして適切なのか。苦しくなってきたのならサッカーにたとえるのをやめればいいのに、と思う。

ドアチャイムが再び鳴らされる。黒沢はドアをあごでしゃくった。

「おまえが出ろ。俺はこの部屋にいないことにするんだ。万が一、窓際での争いを見られていたとしても素知らぬふりをしろ。どうせ俺の姿が見えたはずはないんだからな」

逆らう権限はないし、騒ぎにしたくないのは長田も同感である。うなずいて、ドアを薄く開けた。黒沢はドアの陰、クローゼットの前に立っている。廊下からだと死角になる位置だ。

「何でしょう？」

廊下に立っていたのは二人、ともに見覚えのある従業員だった。手前にいるのが近くのレストランを案内してくれた若い男、その背後に立っているのはフロントの、何かを知っている風だった中年男だ。

若いほうの男性スタッフが進み出る。その手に持っているものを見て、長田は息を呑んだ。

「失礼します、お客さま。実は、落とし物をした方を捜しておりまして……」

彼はクマのぬいぐるみを持っていた。なぜだかぬいぐるみは泥だらけになっている。

「そ、それ。私のです！」

飛びつかんばかりの勢いで、長田が手を伸ばす。すると太った中年男が、ぐいと身を乗り出してきた。

「ここまで汚れちゃったらもう、買い直したほうがいいんじゃありませんか。こちらのぬいぐるみは私どもで引き取りますから」

「はぁ？　あんた、やっぱり何か知ってるのか」

「知ってますとも。お客さん、昨日麻雀で大勝ちしてたでしょう。ぬいぐるみを買い直すくらい、何でもないはずだ」

長田はぽかんと口を開けた。ひょっとするとこの男は単に、昨日あの雀荘に居合わせただけだったのか？　しかし、それならば辻褄《つじつま》は合う。お金を持っているだろうと指摘してきたのは、取引のことを知っていたからではなく、長田が麻雀で勝つところを見たからだったのだ。

「何、わけわかんないこと言ってるんですか、大原さん」

若い従業員にたしなめられ、大原と呼ばれた男はジャケットのポケットに両手を突っ込んでむくれる。ぬいぐるみが見つかり、疑念も解消された気の緩みから、つい軽口がこぼれた。

「大きな腹で、《オオハラ》ですか……ぷぷ」

「何を。あなただって見るからにオッサンだから、名前も《オッサンダ》でしょうが。頭なんかすっかりはげちゃって」

「これは若いころ、ヘディングをたくさんした勲章なんだ。おれは元サッカー選手だぞ」

五十歳の男どうし、醜い口論が勃発しかけたとき、思いがけないことが起こった。

「——きゃあああ！」

女性の甲高い悲鳴が、耳をつんざく。次いで黒沢の野太い声が響き渡った。

「おまえら全員動くな！　動いたら、こいつを殺す」

動くなと言われても、振り返ってしまう。

何がどうしてこうなったのか、長田にはさっぱりわからなかった。

黒沢が、長田をこの部屋まで案内したベルガールの首に腕を回し、喉元にナイフを突きつけていた。

7

――何ぬいぐるみを拾っちゃってんのよ！

命の危機に瀕《ひん》しながらも、千代子は廊下で呆然《ぼうぜん》と立ち尽くしている大原たちを涙目でにらみつけた。あるいはそうでもしないと、足腰や膀胱《ぼうこう》が言うことを聞かなくなっていたかもしれない。

クローゼットの中で、窓の下にぬいぐるみはないという長田の発言を聞いたときは、気が遠くなった。そして、それを二宮と大原が持ってきたときには心底ムカついた。あんたらか。よけいなことして。というか大原はなぜぬいぐるみを返すまいとしていたのか。違法薬物が詰まっていることに気づいたのなら、普通は真っ先に通報しそうなものである。

とにもかくにも彼らの声が聞こえてきたとき、千代子は逃げ出すとしたらいましかない、と腹をくくった。クローゼットを飛び出して一目散に逃げれば何とかなるのでは、と考えたのだ。それでなくても長田たちは、この部屋の窓が開いていたことに疑問を抱いている。あらためて室内を捜索するのは時間の問題だった。

あと数瞬、その判断が早ければ、展開は異なっていたかもしれない。だが、千代子がクローゼットの戸に指をかけるよりわずかに早く、いきなり光が射《さ》し込んだ。外側から戸が開けられたのだ、と悟るのが少し遅れた。状況を理解したときにはすでに、千代子は人質に取られてしまっていた。

「そこの二人、こっちへ来い。どうせ廊下には防犯カメラがあって、警備員が監視でもしてんだろ。怪しまれないように、ゆっくり部屋に入るんだ。抵抗したらこの女を殺すからな」

密着した黒沢が大声を発するたび、千代子の体は震える。それが声による振動か、それとも恐怖によるものなのか区別できない。最初に605号室の前で見かけたとき、いい男だなんて思ったことが悔しい。クローゼットの戸越しに聞こえた声は全然違っていたので、同一人物だと確信が持てたのは皮肉にも、彼の腕の中に収まってからだった。

大原はポケットに突っ込んでいた両手を上げて無抵抗を示し、二宮も青ざめた顔で黒沢の指示にしたがった。ドアが閉まる重たい音はまるで、希望が絶たれたことを表しているかのようだった。

「俺たちが部屋を離れているあいだに窓が開いていた。俺たちのほかにも、誰かがこの部屋にいるとしか考えられなかった。クローゼットは確認したつもりだったが、まさかあそこにまだ潜んでいたとはな。ナイフを身に着けておいてよかったぜ」

カタギでないことが明らかな黒沢にとっても、こういう体験は初めてに近いのだろう。彼は上ずった声で、いやに饒舌《じょうぜつ》である。

「く、黒沢さん……やめましょうよ。こんなことしたって何にもなりません……」

「うるせぇ！」

なだめにかかった長田を、黒沢が怒鳴りつけて黙らせる。長田が元サッカー選手で、いまはただの運び屋に過ぎないことは、二人の会話から把握していた。それでも長田のバックには薬物を提供する側の組織があるわけだが、黒沢の言いなりになるしかなくなったいま、長田の立場も大原たちと大差ない。

「この女は俺たちの会話を聞いちまってるんだ。生かしちゃおけねぇだろ」

黒沢の口を衝いて出た直截《ちょくせつ》的な表現に、身の毛がよだつ。千代子は声を振り絞った。

「何も聞いてません……あたし、耳が聞こえないんです」

「聞こえてんじゃねぇか！」

さすがに無理があった。こんな状況でも、二宮は呆れてかぶりを振っている。

「おい長田、荷物の中に粘着テープがあったよな。まずはそいつでこの二人の両手足を縛れ。口も封じるんだ。早くしろ」

言われるがまま、長田は泣きそうな顔で二宮を、次いで大原を縛った。同僚の変わり果てた姿には同情を禁じえないが、こちらはもうじき命を奪われるかもしれない身なのだ。どう考えても、同情されるべきはこちらである。

「で……この男たちはどうするんですか」

長田が二人の口にもテープを貼り終えてから訊ねると、黒沢はチッと舌打ちをした。

「このまま転がしていく。三人も連れていくことはできないし、殺していくのも手間がかかるだけだからな。そいつら二人をここに残して、俺とおまえとこの女、三人でずらかる。選手交代は三人までだ」

サッカーに興味のない千代子にとって、黒沢が口にするたとえは意味不明なものばかりだ。

黒沢は千代子の首に回していた腕を放し、彼女の耳元で低くささやく。

「逃げようだなんて思うなよ。ちょっとでもおかしな動きを見せたら、その瞬間におまえを刺す。ないとは思うが万が一、おまえが逃げおおせたときには、俺はこの部屋に戻ってこいつらを刺すからな」

チャンスがあったら逃げよう、と千代子は決意した。大原や二宮に危害が加えられるのは忍びないが、背に腹はかえられない。二人もきっと、かわいい後輩のためなら仕方ない、とあの世で許してくれるはず――ただし、千代子は背中にナイフを突きつけられているので、実際には逃げ出すことは不可能だった。

黒沢は空いた手で、長田の荷物のアタッシェケースを持つ。それでナイフを隠しつつ、進むことにしたらしい。

「残りの荷物は長田、おまえが持て。とっとと行くぞ」

金の入ったアタッシェケースと泥まみれのぬいぐるみを手にした長田は、とまどう表情を見せた。アタッシェケースの中にぬいぐるみが入らないからだろう。だが、だからといって黒沢にアタッシェケースの交換を申し出るような空気でもない。念のためか、長田は605号室のキーもポケットに入れ、ドアのほうへ向かった。

「おまえが先に行って、人がいないか確かめながら進むんだ」

黒沢にうながされ、長田はそっとドアを開けて廊下の両側を見渡した。それからドアを片手で押さえ、黒沢と千代子を外に出す。ドアが閉まるとき千代子は、これが大原や二宮とは今生の別れになるのかな、と悲観的なことを考えた。

気が進まない様子ながらも、長田は605号室の前で立ち止まる黒沢と千代子を残し、廊下を小走りに進んでエレベーターホールまで行った。誰もいなかったようで、こちらを振り返ってこくんとうなずく。黒沢が千代子に身を寄せてくると、背中を鋭いもので突かれる感触があった。

「俺から離れないように、ゆっくり歩け」

全身がひどく重く、自分で自分を潰してしまうんじゃないかと思えるほどだった。昔バトルもののアニメで観《み》た修行の部屋が、重力が十倍になるという設定だったのを思い出す。こんな感覚だったのだろうか。それは鍛えられるはずだ。この廊下を歩きとおしたあかつきには、あたしもムキムキになっているのかもしれない。

足を動かせる気すらしなかったが、背中には絶えず獰猛な圧力を感じている。歩くしかない。生まれたての子鹿よりもぎこちない動作で、千代子は右足を踏み出した。

——その、着地した瞬間に。

ずるりと滑る感触があった。何かの紙片を踏んだらしい、と理解したときにはもう、体が大きく反《そ》り返っていた。

「——ぎゃん！」

黒沢の愕然《がくぜん》とした表情を視界の端にとらえながら、千代子は派手に転倒した。

八

――お父さん、何のためにサッカーやってたの。

それは十年前、当時十歳の娘が、長田に向かって放った言葉だった。

協議離婚が成立し、妻と娘は近日中に家を出ていくことが決まっていた。そんなある夜、長田がひとり自宅で缶ビールを飲んでいると、娘がとことこやってきて訊いた。

――お父さんはこれからひとりぼっちになって、寂しくないの。

娘なりの優しさだということはわかっていた。けれどもそのころ、長田は意固地になっていた。

――別に寂しくなんかないさ。元サッカー選手ってのは、けっこうモテるんだぞ。

すると娘は眉をひそめて、言ったのだ。

――お父さん、何のためにサッカーやってたの。女の人にモテるために、サッカーやってたわけじゃないでしょ。

すぐには答えられなかった。家族を守るためにサッカーをやる、そういう意識を自分に植えつけたい気持ちもあって、結婚したことは確かだ。ほかの目的を達成する手段として家庭を持つことの是非はわからない。だが、少なくとも長田はプロ選手として一流であり続けるために結婚をし、子をもうけた。

なのにサッカーをやめたのち、いやサッカーを続けていた時分からすでに、長田は家庭をおろそかにしていた。家族を守るためにサッカーをやっていた、なんて娘に面と向かって言えない。言えるわけがない。

長田は缶ビールをあおることで娘から目を逸らし、答えた。

——何かのために、サッカーをやっていたわけじゃない。

——じゃあ、どうして？

——サッカーをやるために、サッカーをやっていたんだ。それ以外にない。

——何、それ。

——サッカーをやっている人間にしかわかりっこないさ、こんな気持ちは。おまえが息子ならおれがサッカーを教え込んでいたから、ちょっとはわかったんだろうがな。

小学生の娘を相手に、何をむきになっているのか。そう自問する理性さえ、酔いにまぎれて泡のように消える。

これまでにも繰り返し、息子だったらよかったのにと言われ続けてきた娘は、険しい顔で下唇を噛んでいた。言い負かしたことに満足した長田が鼻で笑うと、娘はぼそっとつぶやいた。

——わたしが男の子でも、お父さんはだめだったと思うよ。

頭に血が上ったときにはもう、そこに娘の姿はなかった。

あれから十年、娘との問答は古傷のように時折、記憶の底でうずいて長田をさいなんだ。何かのためにサッカーをやったのではない。それはひとつの真実だと思える。しかし、娘にそう答えたときの長田は、それが本心だと自分でも信じていなかった。ただおざなりに、娘に反論しようとして口を衝いて出た言葉に過ぎなかった。

——ならば、と長田は考える。

本当のところ、おれはいったい何のためにサッカーをやっていたのだろう、と。

娘は今年、はたちになった。その姿は見ていない。それだけに、同じ年ごろに違いないベルガールが娘と重なって見える。

黒沢がベルガールを人質に取ったときから、長田は何とかして彼女を救いたいと考えていた。理由はわからないがベルガールがこの部屋に忍び込み、クローゼットに隠れつつ機を見てぬいぐるみを窓から落としたらしい、ということは察しがついた。長田を窮地に追い込んだのは彼女だ。なのにいま、彼女に対する怒りなどはなく、純粋な心配だけがあった。

自分は妻や子を守ろうとしなかった、ろくでもない男だ。その罪滅ぼしになるかはわからないが、せめて命の危機に瀕した女性を守りたい。しかし、ナイフをベルガールに突きつけた黒沢には隙がなかった。黒沢の神経を逆なでしないことを最優先し、長田は言いなりにならざるを得ない。

６０５号室を出て、エレベーターホールへと廊下を進みながら考える。黒沢とベルガールがわずかでも離れれば、黒沢に飛びかかるなどしてベルガールを逃がすことができそうだ。ナイフで刺されたらひとたまりもないが、体格では黒沢に勝っている自信がある。うまく取り押さえることができるかもしれないし、ただちにベルガールが加勢を呼んでくれるだろう。勝機はある。

だが肝心の、二人を引き離す方法が見当たらない。ホテルを出るまでは、目立つから黒沢も彼女を拘束まではできまい。行動を起こすとしたらいまのうちだ。わかっていても、ベルガールの背中に突きつけられたナイフが、最悪の事態ばかり想像させる。

時間稼ぎをしたい気持ちとは裏腹に、緊張から長田は小走りになり、すぐにエレベーターホールに到着してしまった。人影はない。長田は605号室のほうを振り返り、黒沢に向けて問題ないという合図を送った。

　次の刹那、意想外の出来事が起こった。

　ぎくしゃくと足を踏み出したベルガールが、そのまま足を滑らせ、後ろ向きに転倒したのだ。

　ナイフが刺さるのではないかと思い、《あっ》と声が洩れた。幸い黒沢はとっさにナイフを引いたようで、廊下に横たわるベルガールを、信じられないとでも言いたげに見下ろしている。すぐにはベルガールを立たせようともせず、――したがって黒沢のナイフの先端とベルガールのあいだに、わずかな距離が空いていた。

　絶好のチャンス。それでも、長田は歯嚙みするしかなかった。ここからでは遠すぎる。二人の距離はせいぜい一メートル、対して長田から彼らまでは、十メートル強もある。駆け寄ったところで、どう考えても間に合わない。

　やはり、彼女を救い出すのは無理なのか――しかしそのとき、長田は神の目とまで称された自身の目を、疑うような光景を見た。

　長田の足元から黒沢の頭部まで、一本の光の筋が伸びていた。

　ためらいはなかった。長田はぬいぐるみを足元の光の先端に置き、数歩後退して助走を取った。

ぬいぐるみの重さは一キログラムあまり。サッカーの公式球は四百五十グラム程度だから、倍以上ということを考慮しなければならない。弾力もボールとはまったく異なるだろう。

だが、距離は十メートルかそこらだ。十一メートルのペナルティーキックよりも短い。現役時代の長田にとっては、楽勝の距離だった。

思えば長田の中にまだ、家族のためにサッカーをやっているという意識が残っていたころ、光の筋は彼を導いてくれていた。娘が生まれ、妻との関係が悪化し始めた矢先に、神の目は機能しなくなった。

いま、長田は自分以外の誰かのためにボールを、いやぬいぐるみを蹴ろうとしている。するとおよそ二十年ぶりに、神の目は取り戻された。助走を始めながら長田は、いまならばいつかの娘の問いにも胸を張って答えられる、と思う。

——娘よ。お父さんはこのひと蹴りのために、サッカーをやってきたんだ。

しなやかに振り抜かれた足先から、ぬいぐるみが放物線を描いて勢いよく飛んでいった。

Epilogue

「……これでよし、と」

二宮が粘着テープで黒沢をぐるぐる巻きにするのを、大原は電話をしつつながめていた。

「うん、うん。そういうことだから。大至急来てくれたまえよ」

電話を切り、二宮のそばに寄って黒沢を見下ろす。彼はいまも白目をむいて意識を失ったままだった。大原たちは605号室の中で転がされていたので目撃できなかったが、べそをかきながら救出に来てくれた千代子の話によれば、長田がぬいぐるみを蹴飛ばして黒沢の頭部に直撃させたらしい。毎度そうやって犯人をこらしめる推理モノのアニメを、大原は知っている。そんなにうまくいくものかと鼻で笑っていたが、まさか現実に同じことが起きようとは思わなかった。

それにしてもひどい目に遭ったものだ。大原は長田をにらむも、千代子を救ったというのは事実のようで、彼は抵抗も逃亡も図ることなくぼんやり立っている。その隣で千代子が、なおも鼻をぐすぐす言わせながら事情を説明していた。

「あたし、大事な宝物をなくしてしまって……605号室にお客さまをご案内したときに落としたとしか考えられなかったから、こっそり部屋に入って探そうとしたんですけど、すぐに人が戻ってきたので慌てて隠れたんです。そしたら、いかにも違法薬物の取引の真っ最中って感じの会話が聞こえてきて……」

「自業自得にもほどがあるだろ。二度と客室に忍び込もうなんて考えるなよ。落合の身に何かあってから、後悔したって遅いんだからな」

二宮は教育係らしく戒めるが、これでも優しいほうだろう。従業員が、職務に必要な場合でもないのに客室に侵入し、あまつさえ客の荷物に手をかけるなど言語道断だ。と、GPホテル以前にも別のホテルに勤めていた経験を持つ、ベテランホテリエの大原は思う。もちろんサボったり落とし物をネコババしようとしたりする自分のことは、すっかり棚に上げている。

とまれ、いまは千代子を責めるどころではないのも確かだった。

「なるほど、ぬいぐるみに違法薬物が……それで、取引金額はいくらだったのかね」

大原の問いに、千代子は斜め上を見て答える。

「五千万円って聞いた気がします」

では、本当に五千万円の価値があるぬいぐるみだったのか——それがもはや自分のものになることはないと悟って、大原はぷるぷる震えた。

「ところで大原さん、誰に電話していたんです？」

　二宮に訊ねられ、大原はふくらんだお腹をぽんと叩く。

「普通に通報したんじゃ、大変な騒ぎになるだろう。本日うちのホテルを利用しているお客さまに迷惑がかかることはむろん、今後の営業にも悪影響を及ぼしかねない」

「それはそうですね。で？」

「幸い事件はすでに解決し、あとは事後処理の問題だ。だからね、私のつてを使って、穏便にことを収めようと思うのだよ」

「つてって……」

　そのとき廊下の向こう側から、野生のクマのような野太い声がした。

「トシちゃん。来てやったぞ」

　野生のクマのような大柄な男が、こちらに手を振っている。両脇に屈強な男たちをしたがえていた。大原は自分で呼んでおいて、嫌味で応じる。

「ずいぶん早かったな、ケンちゃん。お偉いさんってのはそんなに暇なのかね」

「おいおい。きみのところのホテルが緊急事態だって言うから、こうして駆けつけてやったんじゃないか」

「きみが私の言うことを聞くのは当然だ。賭け麻雀をしていたことが世間に知れたら、大問題だぞ」

「はて、何のことやら。証拠がないね。あったとしても、揉み消すことくらいわけないが」

さっそくいさかいを始める二人の男を見比べていた二宮が、遅れて目を丸くした。

「大原さん、どこかで見た顔だと思ったら、こちらの方ってまさか……」

「もしかして、この人もカタギじゃないんですか？　何だかすごく怖いし、手下みたいの連れてきてるし」

千代子は二宮に耳打ちするが、丸聞こえだ。二宮は慌てふためく。

「バカ、口を慎め。この方は千葉県警の本部長だぞ。去年だったか、就任会見をニュースで観たから間違いない」

えーっ！　千代子の悲鳴が廊下にこだまする。

大原はコホンと咳払《せきばら》いをして、隣のクマみたいな男を紹介した。

「この男の名は熊本憲介《くまもとけんすけ》。二宮君の言うとおり、千葉県警の現本部長だ。といっても彼と私は知己、いわゆる幼なじみでね。昨日も一緒に賭け麻雀をした仲なのだよ」

昨晩からいまし方までこの付近にとどまっていたので、これほど早く駆けつけることができたのだろう。その熊本は、大原の発言を聞いて度を失っている。

「賭け麻雀なんかしておらん。麻雀をしただけだ」

「一緒に違法賭博をした仲なのだよ」

「こいつ。いい気になりおって」

いがみ合う大原と熊本を、二宮が制した。

「まあまあ……それで、本部長さんのお力で何とかなりそうなんですか」

熊本はわれに返り、スーツの襟元《えりもと》を整える。

「そうだったな。なに、心配はいらん。近ごろ県下で違法薬物の取引がたびたびおこなわれていることを把握しながらも、いっこうに現場を押さえられず、われわれも忸《じく》怩《じ》たる思いで捜査を続けておったのだ。これでようやく組織を一網打尽にする手がかりが得られた。現段階で今回のことを公にしては、せっかくの好機をふいにしてしまいかねん。マスコミに洩れないよう細心の注意を払うから、ホテルの名前や騒動そのものが表沙汰《おもてざた》になることはないと思ってくれていい」

「あの……この人は、どうなってしまうんでしょうか」

おそるおそる、千代子が長田の処遇について訊ねる。当の長田は、自分のことを気にかけられてびっくりしているようだった。

「ふむ。違法薬物の取引の当事者なのだから、おとがめなしというわけにはいくまいな」

熊本の見解に、千代子は悄然とした。対して長田は落ち着き払い、覚悟のうえとでも言わんばかりだ。

そんな二人の反応を確認してから、熊本はもったいぶって続ける。

「しかしだな。まぁ見た限りでは、この人はおおかた組織に脅されでもして、運び屋として利用されていたに過ぎないのだろう。そういう手口が横行しているという情報も入ってきているのでな。ある意味では被害者でもあるのだから、大した罪には問われんよ。情報は伏せるから表沙汰にならないことも、すでに述べたとおりだ」

「え。じゃあ――」

「これに懲りて、今後は地に足つけた生活を心がけることだな」

熊本が言い、千代子はその場にへたり込んだ。

「よかったぁ。長田さん、あたしを助けてくれたから……」

長田は熊本の言葉が意外だったのか、ぽかんと開けた口から魂が抜け出てしまったかのような顔をしていた。

そのとき千代子のお尻のあたりで、カサカサと音がした。彼女は手をそこにやって何かを拾い、すっとんきょうな声を上げる。

「あーあった、宝物！　あたし、これを踏んで転んじゃったんだ」

千代子の手元を見て、大原は目をむいた。

「それは、さっき私がロビーで拾った紙幣じゃないか」ポケットに突っ込んでいた手をホールドアップしたときに、落としてしまったらしい。「返したまえ」

「嫌ですよ、あたしがお客さまにいただいたんですから。ていうかロビーに落ちてたんですね。受け取ってすぐポケットに入れたつもりで、その手をポケットから出したときに、たぶん一緒に出ちゃってたんだ」

「落合が客室に侵入してまで探してた宝物って、それなのか？」

二宮は千代子が広げている紙幣を指差す。

「それ、百ルーブルだろ。ロシアの通貨で、日本円にして百八十円かそこらだぞ」

「なに、そんなに安いのか」昼飯一回分にもならんじゃないか。

「おっちょこ、そんなもののためにこんな危険な目に遭ったのかよ」

すると千代子は、つんと澄まして言い返す。

「金銭的価値の問題じゃないんです。あたしが自分なりに一所懸命接客した結果、お客さまから感謝の証としていただいたという、その事実が重要なんですよ」

「要するに、ただのチップじゃないか」

「だとしても、ですよ。あえて日本円じゃなく母国の通貨でくださったことからも、記念として形に残すに値するような、特別な感謝が込められていたことは間違いありません」

「ふぅん。そういうもんかな……」

二宮はこめかみをかいている。千代子は立ち上がり、しわの寄ったスカートをぱんぱんとはたいた。

「感謝を表すというのは、表したほうも、表されたほうも幸せな気持ちになれる、ってもいいことなんですよ。だから——はい」

いきなり千代子にロシアの紙幣を手渡され、困惑したのは長田だった。

「これを……おれに？　きみにとっても、大事なものなんじゃないのか」

「いいんです。あたしにとっては、お客さまの笑顔が何よりのチップですから。助けてくださって、ありがとうございました」

そう言って、千代子はにっこり微笑んだ。

長田はいまにも泣き出しそうな顔で、それでも無理やり笑ってみせた。紙幣を握らされた、泥だらけの手が震えていた。

「……おれ、サッカーやっててよかったよ」

二宮や熊本も、どこかすがすがしい表情をしている。

――おいおい、と大原は、ひとり思った。

これが演劇なら大団円で、さしずめ熊本は機械仕掛けの神《デウス・エクス・マキナ》――物語の終盤にいきなり現れて、何もかも都合よく収束させてしまう神のような存在のこと――か。けれども結局のところ自分は、まったく神に救われておらず、お金もなくなったままである。とてもじゃないが、めでたしめでたしの気分ではない。

大原は、熊本の両肩に手を置いて言う。

「おい、ケンちゃん。今夜もう一度、麻雀で勝負だ」

「きみはいま、元手がないんだろうが」

熊本は冷静に突き放すが、大原は食い下がる。

「ツケで頼む。今夜こそ、見られそうな気がするのだよ」

「見られそうって、何を」

「神の配牌《ハイパイ》――天和《テンホー》さ」

そのくらい、神の慈悲がないと割に合わない。そう信じきった大原がその夜、やはり熊本にこてんぱんにされて借金まで背負ったことは、実に喜劇的であったと言えよう。

Curtain call

第四幕

シルバー・クリスマス

1

ロビーには、巨大なクリスマスツリーがそびえ立っている。イミテーションで、色合いも近年よく見かける白とかのしゃれたものではなく、もみの木に似せたシンプルなデザインだが、ツリートップの星やリンゴやモールといったオーナメントは華やかで、ながめているだけでも心躍る。

ほかにも一階のティーラウンジ入り口にブッシュドノエル・セットの立て看板があったり、壁のところどころにリースが下げてあったりと、ここグランド・パシフィック・ホテル、通称GPホテルの中はいままさにクリスマス一色だ。千葉県東部の海沿いの崖に建ち、決してアクセスがいいとは言えないこのホテルに、わざわざツリーを見に立ち寄る客がいるのもこの時期ならではである。

だが、そんなスペシャルで浮かれ上がった期間も、明日には終わる。今日が十二月二十四日、クリスマスイブだからだ。今年の暦はちょうどクリスマスと週末が重なっており、おかげでGPホテルはなんと開業五年にして初の、満室の騒ぎとなっていた。

クリスマスは誰の上にも平等だ。楽しい気分になる権利は万人にある。だが、だから誰でも無条件に楽しくなれるかというと話は別だ。むしろ世間のムードとの対比で普段よりも憂鬱さを増し、早く過ぎてくれと祈りながら過ごす人も少なくないだろう。

そしてここにも、《クリスマス速やかに終わるべし》と呪詛《じゅそ》を吐く者がひとり――落合千代子は、ツリーの前をほうほうの体で横切ってフロントへと向かった。

「戻り……まし、た……」

カウンターに手をかけたと思いきや、そのままずるずると崩れ落ちる。トマトを固い壁に投げつけたら、ちょうどこんな具合に潰れて落ちることだろう。

「大丈夫かね、落合君」

見かねたフロント主任の大原俊郎が彼女を気遣う。五十歳で丸々と太った彼は普段、部下にこんな優しい言葉をかけることはなく、どちらかといえば人の苦労などどこ吹く風、という人種だ。その彼が無視できないくらいに、千代子は顔色が悪かった。

「だいじょばないです……」

その親切に、しかし千代子は感謝する余裕がない。《大丈夫じゃない》という意味で答えたのだが、大原にはピンときていないようで、だいじょうぶ、だいじょばない、と交互にぶつぶつつぶやいていた。

「おい、そんなところに座り込んでいるなよ」

声がして、千代子は頭をもたげる。

先輩社員でありコンシェルジュの二宮宏人が、彼女を見下ろしていた。

「お客さんに見られたらどうするんだ。さっさと立て」

フロントのまわりには少なからず客がいて、すでに何人かに見られていたものの、確かに床にへたり込んでいるのはまずい。二宮が手を貸してくれたので、千代子は体内に残されたごくわずかなエネルギーを使いきり、立ち上がった。

「二宮さん……《しんどい》って言葉、漢字で書くと《死んどい》になるんですかね……」

千代子は意識がもうろうとしていた。

「落ち着け落合。錯乱するな」

「だってもう、二週間も休みなしで働きづめですよ……あげくにこの忙しさじゃ、キリストの誕生日があたしの命日になってしまいます」

すると二宮は鼻から息を吐いて、

「しょうがないだろ、自業自得なんだから」

今年の秋、GPホテルでとある大事件が起きた。最終的に無事解決し、そのことは警察やホテルの方針で明るみに出なかったが、どこからか事件を聞きつけた週刊誌の記者がホテルへ取材にやってきた。従業員のあいだでは緘口令《かんこうれい》が敷かれていたので大半の従業員がこれを無視したものの、ひとり舞い上がって取材に応じ、ぺらぺらしゃべってしまったのが、事件の当事者でもあった千代子だったのだ。

幸い記者は良心的で、掲載された記事によって警察やホテル、その他の事件関係者が不利益をこうむる事態にはならなかった。ただ記事の中で千代子を指して《美人すぎるベルガール、大手柄》の小見出しが使われていたために、大衆の関心は事件そのものよりも落合千代子という人物へと向けられた。記事には出なかった写真がいち早くネットで出回り、彼女の容姿について、

「美人か？」「美人すぎるということはないが、ブスではない」「顔面偏差値五十五ってとこかな」「いや、もっとあるだろ」「これで美人とかおまえらのまわりはどんだけかわいい子いないんだよ」「このレベルでいいから付き合いたい」「ごめん、普通に好みだわ」

等々の議論が沸き起こったのだ。

結果的に千代子はちょっとした有名人となり、彼女をひと目見ようという客でＧＰホテルはかつてないにぎわいを見せた。この件で千代子は上司からこっぴどく叱られ、

千代子が不在だと客からクレームが入るというので、ほとぼりが冷めるまで連続勤務するようにと言いつけられた。かくして彼女は、二週間も休みなしで働く羽目になったのだった。

もっとも、本人はちっとも反省していない。彼女が勤め始めた今年の四月には廃業が噂され、《崖っぷちホテル》と揶揄されていたＧＰホテルを、何なら救ってやったくらいの気持ちでいる。だから連勤に対しても単純に不満しかないし、自業自得だなんて思わない。

「そんな冷たいこと言わないでくださいよ。こんなときくらい、優しくして」

「わ、ちょ、やめろよ」

千代子は二宮にすがる。ホテリエとしての二宮の働きぶりは実に優秀で、そのぶん不出来な後輩に、というより千代子ひとりに辛辣だった。何しろ入社一日目にして《おっちょこちょこ》なる不名誉なあだ名をつけてきたほどである。千代子は彼のことを苦手な先輩だと認識していたが、何だかんだで勤務中は言葉を交わすことが多い。言われっぱなしの悔しさから始まった彼の欠点探しも、このごろはもう半ばあきらめていた。

二宮は千代子を押し返すようにして、

「控え室に戻って、しばらく仮眠でもとってこい。そんなひどい顔で接客させるわけにはいかないから」

「え、いいんですか」

千代子は上司である大原の判断を仰ぐ。

「うむ、もう夜の十一時だからね。お客さんの呼び出しなんかも減ってくるころだろう。一時間くらいなら、休んできてもいいよ」

何だか今日はみんなが優しい。これもクリスマスの力なのかな、と千代子は思う。げっそりとこけ、目の下にくまを作った自分の顔を、彼女はまだ鏡で見ていなかった。

「それじゃお言葉に甘えて、ちょっとのあいだ死んできます……」

フロントの奥にある扉を、千代子はくぐる。中は事務室になっており、三名の従業員がデスクワークをしていた。さらに事務室を突っ切ったところにある扉を抜けると現れる、短い廊下の先に控え室はある。言うまでもなく男女別になっており、右を向くと女子控え室、左を向くと男子控え室といった形で、二枚の扉が向かい合わせになっていた。

女子控え室に入る。荷物を置くためのロッカーなどがあるほかに、仮眠用の簡易ベッドが置かれていた。千代子はそこに、倒れ込むようにして横たわる。ほぼ同時に、眠気が襲ってきた。

——あぁ、今年のクリスマスもとうとう、彼氏もいないまま終わっていくのね。働きづめで、ロマンのかけらもなく。くそ、こんなみじめな気持ちになるのなら、クリスマスなんて来なければいいんだわ……。

どす黒い感情をよだれのように垂らしながら、千代子は眠りに落ちていった。

2

GPホテル、明かりの消えた510号室にて。手嶋銀次郎《ぎんじろう》が、慣れないベッドの感触に体をもぞもぞさせていると、隣のベッドから声がした。

「こうして家族で旅行するのも、たまにはいいもんだろう」

息子の貴文《たかふみ》の言葉を、銀次郎は鼻で笑い飛ばした。

「ふん。旅行と言ったって、おまえたちの家からは目と鼻の先じゃないか。年寄りに遠路はるばる来させておいて、恩着せがましい口ぶりはよせ」

何かと邪険な父親の態度に、貴文はとっくに慣れているらしい。特に気を悪くした風でもなく、ハハ、と愛想笑いで受け流した。

千葉県に住む息子の貴文から、「クリスマスイブにホテルを予約した」と連絡があったのは、先月の末のことだった。

銀次郎は、佐賀県にある持ち家でひとり、暮らしている。息子一家とは年に一度、盆か正月に顔を合わせるのがせいぜいだ。きたる年末年始は帰省のめどが立たなかったので、旅行という体で父親を千葉のほうへ呼び寄せたのだろう。そんな意図が透けて見え、だからおっくうで気が進まなかったのだが、結局のところ強引に押し切られ、銀次郎は佐賀から千葉へと単身やってきた。息子に、というよりも二人の孫に懇願されては、無下にもできなかったのだ。

白状すれば、息子一家と過ごす一日は悪いものではなかった。二人の孫に会えたことも、うれしくなかったと言えば嘘になる。ただ、行き先をわざわざ千葉のこのホテルに決めた点は解せない。昼間、周辺の施設や公園などをいくつか観光したけれど、あえて訪れる価値があると思えるほどの名所もなかった。それでも今年に入って人気急上昇中のホテルで、今日はひと月近くも前から予約で満室なのだという。どうしてこんな、アクセスが悪くサービスも並で目玉と呼べるものもないホテルが人気なのか、理解に苦しむ。

このホテルへの宿泊を希望したのは、高校生の孫だそうである。その孫の雄貴《ゆうき》はいま、同じ客室の入り口に近いベッドで横になり、スマートフォンをいじっていた。こうしてひとつの部屋に寝るのなんて何年ぶりかもわからないのに、銀次郎がいる真ん中のベッドとは反対側の壁を向いてしまっており、取りつく島もない。

　銀次郎は嘆息する。幼いころは、年齢のわりに精力的だった銀次郎をよく慕ってくれる孫だった。趣味の釣りに一緒に連れていってやると途方もなく喜び、おじいちゃん、おじいちゃんとそばに寄ってきて、それはかわいいもんだった。いまだって、わざわざ電話口に出て旅行に熱心に誘ってくれるくらいにはかわいげがある。しかしながら彼にとっては、同じ部屋で寝る祖父よりも、電波の向こう側にいる友人やなんかのほうが大事らしい。年ごろの子供とはそういうものだと、わかっていてもやるせない。

　こんなことならクリスマスなんて気にせず、自宅でのんびり過ごせばよかった。そうすれば孫に幻滅することもなく、慣れた布団と枕でぐっすり眠れたのに。そんなことを考えるにつけ、一日歩き回ったことによる疲労が、銀次郎の体に濡れた衣服のようにべっとりまとわりついているのを感じるのだった。

　時刻は十一時過ぎだ。普段ならとうに眠っている頃合いであるうえに、疲れてもいるので輪をかけて眠い。こんな感触の悪いベッドで寝たら翌朝には体がこわばってしまうだろう、と思いながらもうとうとしていると、貴文がまた声をかけてくる。

「父さんがもっと近くに住んでたら、ちょくちょく顔を見せにいけるんだけどな」

最近じゃ、口を開くと二言めにはそれだ。ふわりと投げられたボールをフルスイングで打ち返すような心境で、銀次郎は言う。

「あの家を離れるつもりはない」

貴文は、痰《たん》が絡んだみたいに《んん》となった。

銀次郎は佐賀の地方銀行の社員として汗水流して働き、三十年前、四十歳で持ち家を建てた。妻とのあいだにもうけた息子の貴文と三人で暮らし、二人めの子供にこそ恵まれなかったものの、順風満帆な人生といえた。自分では、そのつもりだった。

ところが銀次郎が五十歳のとき、そんな幸福はもろくも崩れ去る。

「しかし、母さんがいきなり姿を消したときは、本当に驚いたよなぁ」

貴文はのんびりと口にする。ほっといたら《いまとなってはいい思い出》とでも言い出しかねない様子だ。銀次郎は声が硬くなるのを自覚した。

「知らん、あんなやつのことは」

貴文が関東の企業に就職して家を出ていったとき、銀次郎は五十歳を目前にして、まだまだ働き盛りだった。同い歳の妻は専業主婦だったので、築十年に満たない家にひとりでいる時間が長くなった。銀次郎は得意先の接待などで帰りが遅くなることが多く、休日も接待ゴルフや趣味の釣りに出かけ、妻を顧みることがあまりなかった。

　息子と暮らしていた時分から、生活を変えたわけではない。だが、息子が去ったあとの妻にとってはそれが、耐えがたい寂しさとなってのしかかったらしい。そんな彼女の状態を、空の巣症候群と呼ぶことを知ったのは、ずっとあとになってからだった。

「よりによってクリスマスに、置き手紙一枚残して家を出ていくとはね。そんなことができる人だとは、思ってもみなかった」

「やめろ。思い出したくもない」

　二十年も昔の話だから、と軽く考えているようである息子を、銀次郎は強めに制して黙らせる。

　貴文がひとり立ちした数年後。その年のクリスマスは平日で、銀次郎は仕事を終えて深夜に帰宅した。

　鍵を開けて玄関をくぐったとき、明かりが灯《とも》っていないことが気になった。しかし時間も時間だったので銀次郎は、妻はもう寝たのだろう、と考えた。昔は銀次郎の帰りが何時になっても起きて待っているような妻だったが、そのころは先に床に入っていることがままあったし、銀次郎もそれをとがめたりはしなかった。

居間の照明をつけてようやく、銀次郎は自宅の異変に気がついた。

がらんとしている。今朝家を出るまで確かにそこにあった、本や上着や薬の瓶といったささやかなものが、ない。それはせっかく花壇を美しく埋め尽くしていた色とりどりの花々を、中途半端に間引きしてしまったようなもの足りなさだった。

座卓の上に、一枚の紙が醤油《しょうゆ》さしで留め置かれていた。震える手で取り、そこに書き殴られた文字に目を通す。文面は短かった。

〈ひとりぼっちの生活に嫌気が差しました。捜さないでください〉

熟年離婚という言葉は、当時から浸透していただろうか。銀次郎が、よもや自分がそのような境遇に陥るとは、と呆然としたことは言うまでもない。

夫婦の問題について、どちらかが悪いと言いきってしまうことは容易でないし、それぞれに責任の少なくとも一端があるケースは多いだろう。銀次郎の場合もやはり、いきなり出ていった妻の行動に問題がなかったとは言えないが、その妻を顧みなかった点では明らかに彼に非があった。

けれども銀次郎は、みずからの過ちを認めたくなかった。頭を下げて妻に戻ってきてもらうことなど、もってのほかだと考えていた。ゆえに妻がいなくなってからの彼は、ひとりで満足な暮らしを維持することに執念を燃やした。昼間は仕事にいっそう励み、夜は慣れない家事をこなし、日常を大過なく営み続けることに必死になった。妻がそのうち帰ってくるんじゃないか、という希望はひと月で捨てた。貴文は突然行方をくらました母親と、残された父親とを等しく心配していたが、離れて暮らす息子を母が頼ることもなく、また貴文自身にも仕事があるのでどうすることもできないようだった。

それからの二十年はあっという間だった。貴文は結婚し、孫が生まれ、銀次郎は定年退職を迎えた。そして昨年、貴文は千葉に一戸建てを買った。四人で暮らすには少し広めの、バリアフリー設計だそうだ。その意図するところは明白で、貴文は銀次郎に同居を勧めているのである。何かあったとき、佐賀では遠すぎるからだろう。

わが子ながらよくできた息子だと思う。昔は何かとそりが合わない父子だったのに、妻の失踪以後は銀次郎に同情的になり、同居まで考えてくれている。その気持ちが、うれしくないわけはない。だが、それでも銀次郎は、住み慣れたわが家を離れる気などさらさらなかった。

「ほら、雄貴。そろそろ寝なさい。スマートフォンの明かりがまぶしくて、おじいちゃんが眠れないだろう」

銀次郎の体の上を、貴文の声が通過していった。テニスのネットになった気分で、銀次郎は息子と孫のラリーに耳を傾ける。

「ちょっと待って。友達とやりとりしてるとこだから」

「明日にしなさい。急ぎの用事でもないんだろう」

「そんなこと言ったって、まだ十一時過ぎだよ。全然眠くないんだけど」

「おまえは疲れてなくても、おじいちゃんは疲れてるんだ」

「別に疲れてなんかおらん」決めつけられたことに抗議したくて、銀次郎はラリーに割って入った。「定年までは、どれだけ深酒しても三時間も寝れば、翌朝にはしゃきっと出勤できたんだ。ちょっと歩いたくらいで疲れるものか」

もちろんこれは強がりである。が、孫の前ではどうしてもカッコつけたかった。雄貴は小さいころから何かにつけて「おじいちゃんカッコいい」と言い、尊敬の眼差しを向けてきたものだった。

「まあまあ父さん。明日もあるんだから、しっかり眠っておかないと」

貴文の優等生的な発言が気に食わない。自分の仕事や人生に誇りを持ち、豪胆に生きてきた銀次郎にとっては、身近な相手の顔色でさえうかがうような貴文の態度がしばしば癇《かん》に障り、だからそりが合わなかった。隔世遺伝か、孫の雄貴も自分と似たところがあるらしく、やや反抗めかしてスマートフォンをサイドテーブルにほうる。

「ちぇ。せっかくGPホテルに来られたのにな」

しゃにむに働き野心を絶やさなかった銀次郎と、家庭を大事にし平穏な生活を第一に考えているらしい貴文とは、仕事に対するスタンスこそ異なるものの、ともに堅実な企業に就職して安定した収入を得ていた点は共通していた。ところが、孫の雄貴はなんと俳優を目指しているのだそうで、現在も市民劇団に所属して活動中である。

男として野心を持っている点は評価したいが、俳優などというヤクザな商売で金を稼げるようにはなるまい、と銀次郎は苦々しく思う。一方で、かつて俳優顔負けと評された自分に似て、ひいき目に見ずとも男前である雄貴が、すばらしく俳優に向いているようにも感じられるのであった。

雄貴のスマートフォンの明かりが消えると、室内は暗闇に包まれた。

二十年前のクリスマスのことが思い出される。真っ暗だった家の中。照明をつけたとたん、夢から醒《さ》めたみたいにいなくなっていた妻。

そのまま眠れるかと思いきや、貴文はまだ話し足りないことがあるようで、またも銀次郎を現実へと引き戻す。

「こうやって、みんなでひとつところに寝られるようになったら安心だと思わないかい。家族なんだから、できるだけ多くの時間を一緒に過ごすべきじゃないかな」

「あの家は出んよ。死ぬまで手放さん」

けんもほろろな銀次郎に、貴文は気遣わしげな声をよこす。

「もしかして……父さん、いまでもあの家に母さんが帰ってくるのを待ってるの？」

「バカを言うな。そんなこと、微塵《みじん》も期待しとらんよ」

重たいまぶたを閉じながら、銀次郎は本心で答えた。

妻が戻ってくることは決してないと、誰よりも自分がよくわかっている。

フラッシュバックする、二十年前の一日――妻の頭部めがけて振り上げた、陶器の冷たい感触。バリンと割れる、生々しい音。

首を振り、おぞましい記憶を追い払う。それでも、あの家を手放すわけにはいかないという気持ちは揺るがなかった。

なぜならあの家の庭には、おれの犯した罪の証が眠っているのだから。

あいつの――ヨシノの骨が、埋まっているのだから。

3

「あなたは……朝ドラで人気のイケメン俳優、ディディーン片岡さん！」

ふと気がつくと、千代子の前に、テレビで見覚えのある俳優が立っていた。はにかむような、それでいて大人の余裕をも感じさせる微笑をたたえている。

「大ファンなんです！」

千代子は思わずそう口にしていた。本当は、テレビで何度か見かけたことがある程度だ。

片岡は、驚くような言葉で応じた。

「ぼくも、きみの大ファンなんだ」

「えっ——」

「美人すぎるベルガールさんに、どうしても会ってみたくてね。これ、よかったら受け取ってくれないかな」

そう言って、千代子に小さな箱を手渡す。

「これは？」

「クリスマスプレゼントだよ」

千代子は箱を両手で大切に受け止め、感激に声を震わせた。

「うれしい！　片岡さん、大好き」

「ぼくも大好きだよ。千代子」

千代子は片岡の胸元に頬を寄せた。うふふ、うふふふふふふ……。

目が覚めると、変わらぬ控え室の光景が広がっていた。

千代子はのっそり半身を起こす。壁の時計は十二時五分を指していた。一時間かそこらの仮眠のあいだに、しっかり夢を見ていたらしい。

片岡さん、カッコよかったな……。ぼんやりした頭で思う。ファンでも何でもなかったのに、完全に意識してしまっていた。その後、当たり前だが自分のまわりには片岡のような優男がいないことを思い出し、落胆した。

ぼさぼさになった髪を手櫛で整え、制帽をかぶる。と、その帽子のあった枕元のあたりに、小さな箱が置いてあるのに気づいた。

赤い包装紙に緑のリボン、サイズは郵便はがきを百枚ほど束にしたらだいたいこのくらいになるだろうか、といった具合。重くはなく、振るとかさかさ音がする。

そういや子供のころは、十二月二十五日の朝になると、枕元にプレゼントが置かれていたものだった。サンタクロースの存在を信じるとか信じないとか、そんなことがいつまで続いたのかは憶えていないけれど、だからこの箱の意味するところはわかる。

これは、明らかにクリスマスプレゼントだ。

リボンには、GPホテルの客室などに備えつけのメモ用紙が一枚、二つ折りの状態ではさまれていた。開いてみるとそこには、メモ用紙にふさわしい走り書きのような雑な文字が、縦書きで記されている。判読するのに苦労したが、かろうじて次のように読めた。

〈オチアイチヨコさま　テシマ〉

手のひらをひたいに当て、千代子は考える。確か、今夜は手嶋という客が一組二室、宿泊していたはずだ。見たところ夫婦と息子と娘、それにおじいちゃんという構成だった。

息子は高校生くらいだった。このつたない文字も、大人のそれと見るよりは高校生の、それも男子のものと見るほうがしっくりくる。であれば彼が、ネットなどで自分を見かけ、ファンとしてこのプレゼントを届けてくれたのだろうか。

うれしくないわけではなかったが、率直に言って不気味さが勝った。過熱したファン心理のようなものにおびえたこともある。しかしそれ以上に、状況が不可解なのだ。

何しろここは、従業員以外の立ち入りを禁じている控え室だ。ただ禁じられているだけでなく、立ち入るにはフロントの奥の扉をくぐり、さらに事務室を抜けないとたどり着けない。この一時間で、まさかフロントと事務室が同時に無人になった瞬間などありはしまい。一般の客がこのプレゼントを女子控え室まで届けるなんて、限りなく不可能に近かったはずなのである。

千代子はあらためて箱をしげしげとながめる。危なげな空気は感じないが一応、不審物という扱いになるだろう。毒物や爆発物のおそれもあるので、不審物を発見した際はいきなり開封せず、上司に報告することが義務づけられていた。千代子は箱を手に持ったまま、控え室を出て事務室へ向かう。

「あのぅ……」

おそるおそる呼びかけると、一時間前にいたのと同じ三名の従業員は、いっせいに顔をこちらへ向けた。

「いま、仮眠から目覚めたら、枕元にこんなものが置いてあったんですけど」

箱を持ち上げると、従業員が寄り集まってくる。

「手嶋ってお客さん、確か今夜泊まってましたよね」

メモ用紙を見せたら、眼鏡《めがね》をかけたベテランの男性社員がうなずいた。

「いたね。家族連れで二部屋じゃなかったか」

「その手嶋さんが直接、届けた可能性はありますか」

千代子が訊ねると、従業員たちは顔を見合わせた。少し歳上の女性社員が答える。

「ありえないよ。私たち、ずっとここで仕事してたもの」

「そうですよね……」

千代子は首をかしげる。だがそのとき、女性社員が思いがけないことを証言した。

「でも、控え室のほうに入っていった従業員は、あなたのほかにも何人かいたよ」

「え、それが？」

「わかんないかな。お客さんからあなた宛てにプレゼントを受け取った従業員が、気を利かせてあなたの枕元にこっそり置いた可能性はあるってこと」

盲点だった。千代子は前のめりになって問う。

「それじゃ、誰が置いたかわかりますか？」

「いいえ、そこまでは……あの扉を通ってしまえば、向こうで何をしているかなんて見えっこないしね。扉を通るのが従業員なら、私たちはそれが誰かも気にしないし」

女性社員の目線に合わせ、千代子はいま出てきたばかりの扉のほうを見た。この裏で控え室が男女に分かれているので、その気になれば男性であってもプレゼントを届けることは可能だ。その場合、問いただしたところで本人も女子控え室に入ったことを認めはしないかもしれない。

「もう少し、調べてみます。ありがとうございました」

礼を言い、千代子はフロントへ向かう。その背中に、ずっとにやにやしながらやりとりを聞いていた残るひとりの男性社員が、「美人すぎるベルガールも苦労するねぇ」とひやかしを投げつけてきたけれど、千代子はうまく反応できなかった。

フロントには大原と二宮、ほか数名の従業員がいた。千代子は上司である大原に、箱とメモを示して報告する。

「贈り主は手嶋さんの、たぶん高校生の息子さんあたりだと思うんですけど。誰が控え室に届けたのか、心当たりないですか」

「ほんとだ。テシマって書いてあるように見えるな」

二宮がメモをのぞき込みながら言った。

「ふむ。少なくとも、お客さんがフロントの奥の扉を出入りしたということはなかったと思うがね。二宮君は何か気がついたかい」

「いいえ。自分もずっとフロントにいたわけではありませんので」

答えたあとで、二宮は興味なさそうにあごを突き出す。

「そんなもん、適当にもらっておけばいいだろ。誰が届けたとか、調べたところで何になるんだよ」

「でもこれ、不審物ですよ。誰がどのような経緯で届けたのか、中身は何なのか、最低限わからないと開けるのも怖いんですけど」

抗議した千代子の肩を、大原が持った。

「確かめにいこうじゃないか。手嶋さんに訊けばわかるだろう」

このフロント主任は、主任なのにフロント業務が退屈と見え、何かあるとすぐフロントを離れたがるのだ。

「いやいや。大原さん、いま何時だと思ってるんですか。この時間に、こちらから客室を訪ねるなんて無茶ですよ。クレーム入れられたら、下手すりゃコレもんですよ」

二宮が呆れ顔で、親指を首元にさっと走らせた。もちろん現実には、その程度のことでクビが飛ぶなどありえない。だが、大原は自身の失業を極度におそれている節があり、それを気にするといつも廃人のようになる。二宮もそれを承知したうえで、処分を想像させて大原の暴走を止めようとしているのだ。

あは、あはははは……と、大原が不気味に笑い出す。これは大原が自身の失業を予見して嘆くときの癖だ。二宮の目論見《もくろみ》が成功し、協力者を失ったことを悟って千代子は不平をこぼそうとした――ところが。

「……かまうものかあああ！」

突如、大原が叫んだので、千代子と二宮はそろって目が点になった。

「何で落合君ばっかり人気になるんだ！　この前の事件は、私だって一歩間違えば死ぬような経験をしたのに！　私だって《ダンディーすぎるホテルマン》とか評されたいし、女性のお客さんから人気になりたいんだよ！」

　千代子は思った。あ、この人おかしい人だ。完全にやばいやつだ。

「落合君にプレゼントを贈ったのが、しょうもない薄気味の悪い嫉妬にも値しないような男であったことを確かめるまで、私は絶対に調査をやめない！　そのためになら、たとえこのクビが飛ぼうとも……そう、たとえこのクビが飛ぼうとも！」

　唾を飛ばしながら言い立てる大原を前に、二宮は絶句し、引き止める気力を喪失したようだった。千代子は大原の言い分に多少の不快感を覚えながらも、ここがチャンスとばかりに二宮を説得にかかる。

「仮に従業員の誰かがお客さんのプレゼントを届けてあげたのだとして、わざわざ機会をうかがうような真似はしないと思うんですよ。あたしが仮眠を取ったのだって、ただの成り行きだったわけだし。ということは、従業員がお客さんからプレゼントを受け取ったのは、あたしが休憩に入って以降のことだったんじゃないでしょうか。それで届けてみたところ、たまたまあたしが寝入ってたから、起こすのも悪いしってことで、サンタクロースよろしく枕元にプレゼントを置いて去ることにした」

「だとしたら、どうなんだ？」

「手嶋さんがスタッフにプレゼントを託したのは、せいぜいこの一時間ということになりますよね。でしたらまだ起きてる可能性は低くないし、その場合は客室を訪ねても迷惑にはなりません」

「そうは言っても、一時間のうちに寝たかもしれないし……」

二宮はまだモゴモゴ言っていたけれど、正気を取り戻したらしい大原が、ふくよかな手をぱちんと打ち鳴らして話を取りまとめた。

「よし、決まりだな。手嶋さんの客室は五階だ。行くよ、落合君、二宮君」

千代子は足を踏み出した。が、二宮は不服そうな様子でその場にとどまっている。

「嫌ですよ。どうして自分まで付き合わなくちゃいけないんですか」

千代子は思う。大原さんと同じで、二宮さんもきっとあたしがちやほやされるのが気に食わないのだな。やきもち焼いてるのかな……だとしたらちょっとかわいいな……。

入社初日から《おっちょこちょこ》と揶揄されてきた彼女はそそっかしく、そのぶんお調子者でもあった。

「二宮さん、一緒に行きましょうよー。あたしたちの仲じゃないですかぁ」

千代子は二宮と腕を組み、体をすり寄せるようにしてしなを作った。二宮はうろたえ、わずかに頬を紅潮させる。

「バカ、やめろってば」

すると今度は大原が二宮の逆の腕を取った。

「一緒に来たまえよー。私たちの仲じゃないか」

それは逆効果だからやめろ、と千代子は思った。が、二宮は両方の腕を振り払い、ぎゅっと目をつぶりながら叫んだ。

「もう、わかりましたよ！　行きます、行きますってば！」

「そうこなくっちゃ！」

千代子は大原とハイタッチする。そして、まだ文句を言っている二宮を引きずるようにして、エレベーターホールへと向かった。

4

佐賀にある持ち家の縁側は南向きで日当たりがよく、銀次郎は週末、そこに腰かけて酒を飲むのが好きだった。まだ陽の高いうちからビールやワンカップを開け、その日の午前中に近くの海で釣ってきた魚やイカをつまむ。新聞や雑誌を読み、ときにはうつらうつらしたりもする。平日の激務から解放され、心身の緊張をほぐすこの時間を、銀次郎は大切にしていた。

いつのころからか――少なくとも、息子が家を出ていってからのことだ――銀次郎がそうやって縁側で酒を飲んでいると、ヨシノが近寄ってきて隣に座るようになった。銀次郎が新聞を読むのを邪魔することはなく、ただ大人しくそこにいて、銀次郎の体にもたれかかってきたりする。そんなことがあるたび銀次郎は、年甲斐《としがい》もなくヨシノのことを、かわいいやつめと思う。

ヨシノが酒を飲めないことを、銀次郎は知っていた。おまえも食うか、と言ってあぶっただけのイカを差し出すと、ヨシノは決まっておいしそうに食べた。自分が釣ってきたイカを、喜んで食べてくれることがうれしく、銀次郎はつい残りを全部あげたりしてしまう。陽射しが暖かく、脇腹にはヨシノの温《ぬく》もりを感じる。

平穏で、何ということもない時間。銀次郎にとってはそれが、かけがえのない至福のひとときだった。そうしていつまでも続くのだと、信じて疑いもしなかった。

幸せというのは、実にあっけなく壊れてしまうものだ。過去を振り返り、銀次郎はつくづくそう思う。

「……父さん、起きて」

揺り動かされ、目が覚めた。つかの間、自分がどこにいるのかを忘れる。照明がまぶしく、細めた目であたりをうかがう。貴文がそばに立ち、ベッドの上の自分に手をかけていた。

「何だ、こんな時間に」

かすれた声で答えながら、銀次郎は状況を理解する。ここはGPホテルの510号室で、自分は家族旅行の最中だ。慣れないベッドでやはり体がこわばっていたものの、貴文との会話が終わったあとの記憶はほとんどない。疲労のせいで、即座に眠ってしまったようだ。

枕元の時計によれば、十二時を少し回ったところだった。真夜中に叩き起こされた形である。貴文は、深刻そうな面持ちで言った。

「雄貴がいないんだよ」

銀次郎は起き上がり、反対側のベッドに目を向けた。シーツに寝乱れた様子はあるが、掛け布団の中は空だ。銀次郎が眠るまで確かにそこにいたはずの、孫の姿が消えていた。

「眠くないと、本人が言ってたじゃないか。おおかた眠れないというので、ホテル内をぶらついてでもいるんだろう。もう小さい子供じゃないんだし、ほうっておけばいい」

銀次郎は再び横になり、掛け布団を頭までかぶった。ところが、貴文がそれを引きはがしてくる。

「でも、心配なんだよ。スマートフォンの電源も切られているみたいで、連絡してもつながらないんだ」

雄貴がスマートフォンを置いていたサイドテーブルに、銀次郎は視線を走らせた。スマートフォンはない。雄貴が持ち歩いているのだろうが、電源が切られているのならば確かめようがない。それに、銀次郎は携帯電話を持っていなかった。

「隣の部屋には訊いてみたのか」

隣の511号室には、貴文の妻の絵美《えみ》と、その娘の紗絵《さえ》が宿泊している。貴文は頭を揺すりながら答えた。

「もちろん、真っ先に訊いたよ。雄貴がそっちの部屋に来なかったか、あるいは部屋を出ていくのに気づかなかったか、ってね。でも女二人は、とっくに夢の中だったらしい」

銀次郎はあらためて身を起こし、ベッドの端に腰かけた。貴文が、落ち着かない様子で言う。

「捜しにいこうかと思う」

息子は昔からこうだった。心配性なのだ。銀次郎はうんざりしているのを隠さなかった。

「そのうち戻ってくるさ。そっとしといてやれ」

「だけど、このホテルは秋ごろにちょいと物騒な事件が起きたばかりなんだよ。雄貴に万が一のことがあったら……」

「何だと」銀次郎は目をむいた。「なぜそんなホテルに泊まろうなどと言い出したのだ」

「その点をいまさら責めたって遅いよ。とにかく、ぼくは雄貴を捜すことにする。父さんも手伝ってくれないか」

ほんの数十秒前までそんな気はさらさらなかったのに、気づけば銀次郎は孫を捜しにいくことに同意していた。

「しかし、捜すったってどこを……」

「高校生の男子が行くところといったら、まずはゲームコーナーじゃないか」

貴文によれば、GPホテルには小さなゲームコーナーがあり、クレーンゲームやレーシングゲームなどいくつかのゲーム機が設置されているらしい。

雄貴が小学生のころなどは、佐賀の家に遊びに来た彼を、銀次郎がショッピングセンターのゲームコーナーへ連れていって遊ばせたりもした。そんなときの雄貴はとても楽しそうにしていた。いまでもゲームが好きだというのであれば、銀次郎にとっても納得がいくし、また微笑ましいことでもあると思う。

彼らのいないあいだに雄貴が部屋へ戻ってきたときのことは、貴文の妻の絵美に託した。銀次郎はホテルの浴衣《ゆかた》から服に着替え、貴文のあとについてゲームコーナーのある地下へと向かった。

エレベーターを降り、あたりを見回す。雄貴は小柄なほうではなく、いればすぐに見つかるはずだが、見当たらない。銀次郎はちょっとがっかりした。

「何だ、おらんじゃないか」

「もっとちゃんと捜してみようよ。父さんは、このあたりを見て回って。ぼくは奥のトイレをのぞいてくるから」

貴文は言い、機敏な動作でトイレに消えた。銀次郎はぶらぶらと、ゲーム機のあいだを縫って歩く。

「たーくん、帰ろうよ」

ふと声がして、銀次郎は何の気なしにそちらへ近づいた。

三十代くらいの女性が、丸椅子に腰かけて足を組んでいる。その隣には、筐体《きょうたい》の前に座ってゲーム画面にかぶりついている小さな男の子がいた。

銀次郎は眉をひそめた。おいおい、近ごろの親はいったいどうなっとるんだ。もう十二時をとっくに過ぎているのだぞ。

「やだよ。せっかくここまで来たんだから」

男の子はスティックとボタンを操作しながら、女性に歯向かう。ここまで来たというのは、ゲームを攻略しつつあるという意味らしい。

「でも、もう夜中だよ。部屋に帰って寝ないと」

母親とおぼしき女性は困り果てている。子供の顔色をうかがうようなその口調に、銀次郎はいっそういら立ちを募らせた。そんな風だから、息子にナメられるのだ。厳しく接するべきときには、もっと厳しく接しないと——。

ところが、次に男の子が放った言葉に、銀次郎は不意を衝かれた。

「だって、パパ来てくれるんでしょ。だからそれまで寝ないで待ってる」

パパ？　男の子の父親らしき人物は、近くにはいない。女性が悲しげな顔をした。

「パパ、今日は来られなくなったんだって。さっき電話があったのよ」

「嘘だ！」男の子が叫ぶ。「絶対来るって約束したもん。クリスマスは一緒に過ごしてくれるって。お仕事終わったら、何時になっても飛んでくるって言ってたもん」

その声がわずかに湿り気を帯び、銀次郎は男の子の涙を察した。女性もそんな態度のわが子を前に、強引に連れ帰ることができずにいるようだ。

思いがけず、銀次郎は昔のことを思い出した。

貴文がまだ、目の前の男の子くらいに幼かったころ。銀次郎は銀行員として大変に忙しい日々を送っており、週末に急きょ仕事関係の付き合いが入ることも少なくなかったために、ある日曜日、貴文を遊園地へ連れていく約束をしていたのを、直前になって反故《ほご》にしてしまった。貴文は結局、妻と二人で遊園地へ行ったのだけれど、約束を破った自分に激怒し、しばらく口を利いてくれなかった。

あのときはまいった。遊園地で遊ぶ金があるのは誰のおかげだ、と息子に憤る気持ちもあった。だがそれは、実は申し訳なく感じていたのを、いら立ちに変えて自分自身をごまかしていたに過ぎない。謝らなければという思いがあるからこそ、かえって銀次郎は態度を硬化させ、息子との関係を修復するのに時間がかかってしまったのだった。

すべては結果論でしかない。だがいまになって思うと、子供のひとり立ちはともかくとして、妻までもが早々にいなくなる人生だった。可能なうちに、家族と一緒の時間をもっと過ごしておくべきだったのだろうか。そうしていれば、あの家でひとりきりになることもなかったのだろうか。

唐突に浮かんできた自問に、銀次郎は動揺していた。貴文がトイレから戻ってきて、手を横に振る。

「いなかったよ。そっちはどうだった？」

「見てのとおり、どこにもおらんな」

「仕方ない。ほかを当たろう」

貴文はエレベーターのほうへと向かう。後ろ髪を引かれる思いで、銀次郎は母子の残るゲームコーナーをあとにした。

5

「……出ませんねー」

手嶋という名の客が宿泊する５１０号室の前に、千代子と二宮、それに大原の三人はいた。千代子がドアチャイムを鳴らしたものの、応答はおろか室内で誰かが動く気配すらない。

「５１０号室に三名、５１１号室に二名ですから、こっちに男三人だと思ったんですけど」

千代子が続けてドアチャイムを押そうとするのを、二宮が制した。

「やめろよ。眠ってたらどうするんだ」

「しかし、三人とも起き出さないということがあるかね。ひとりくらい気づきそうなものだが」

大原の言葉に、二宮は口をつぐむ。

「誰もいないんですかね。ひとりがあたしにプレゼントを渡すためにこっそり部屋を出て、残る二人が捜しにいった、とか」

「だとしたら、こんなところで突っ立ってても何にもならないよ。もう帰ろう」

「だめですよ。不審物を放置しておくわけにはいかないんですから。ご本人に……あたしのファンに会って、きっちり確かめないと」

「……おっちょこ、いい気になってるだろ」

二宮が突っかかってきたので、千代子は目を細めた。

「やっぱり二宮さんも妬《や》いてます？　あたしにファンができたこと」

「うるさい。何がファンだ、バカ」

　小競り合いを始める二人のそばで、大原が二枚のドアを見比べながら言った。

「三人部屋の可能性が高いと思ってはいたけれど、二人部屋にいる可能性もゼロではないね」

「なら、そっちも鳴らしてみましょうか」

　二宮が止める間もないほど素早く、千代子は511号室のドアチャイムを鳴らした。

　こちらはすぐに反応があった。ゆっくりドアが開き、怪訝そうな顔をした女性が立っている。その背後にしがみつくようにして、小学校低学年くらいの女の子もいた。

明らかにどちらも、ドアチャイムの音で起こされたという感じではない。部屋の照明も灯っていた。

「何でしょうか……？」

　悪い目つきで、女性は言う。こんな時間にスタッフが三人もそろって部屋を訪ねてきたのだから、警戒するのは当然だろう。千代子はにこやかにお辞儀した。

「夜分遅くに失礼いたします。お客さまに、お訊ねしたいことがあってまいりました。こちらの箱に、見覚えはないでしょうか」

千代子はプレゼントの箱を持ち上げる。不審物なので、触らせるわけにはいかない。メモもこちらで開いて見せた。

女性が背中を丸めて顔を近づける。その仕草で、千代子は思い至る。

この人、目つきが悪いというより視力が低いんだ。きっと、昼間はコンタクトレンズでもしていて、夜になったからもう外しちゃったんじゃないかな。

少しのあいだ、女性は箱をまじまじと見ていたが、やがてかぶりを振った。

「知りません。何ですか、それ」

「ホテルのある場所に、置いてあったんです」控え室とまでは言えない。防犯の問題につながりかねないからだ。「お隣にも、ご家族が宿泊なさっていますよね。先ほどドアチャイムを鳴らさせていただいたのですが、どなたもいらっしゃらないようでした。いまはどちらにおいでですか？」

女性は驚いたり、意味を問いただしたりしなかった。目下、隣の部屋に家族がいないことを把握している人の反応である。

「さぁ。飲み物でも買いにいったんじゃないですか」

なのに、彼女はそっけなかった。違和感があるな——そう、千代子が感じたときだった。

「ホテルの人たちにも、ちゃんと話しといたほうがいいよ。お兄ちゃんがいなくなっちゃったこと」

小学生の娘が、母親の脇から顔をのぞかせ、訴えたのだ。

「しっ。あんたは黙ってなさい」

女性は娘をたしなめるが、もう遅い。千代子は眉根を寄せた。

「いなくなった？」

逡巡《しゅんじゅん》するような間があった。そのあとで、女性は渋々、口を開く。

「……どうも、高校生の息子が部屋を抜け出したみたいで。連絡も取れなくなっているというので、夫と義父が捜しにいってまして、だから隣の５１０号室には誰もいないんです。たぶん、すぐ帰ってくるとは思うんですけど」

一般的な親の感覚としては、そう思うのが自然なように感じる。連絡が取れないというのは携帯電話のことだろうが、夜だからうるさくないように電源を切っているとも考えられる。わざわざ捜しにいくほどのことだろうか。

だが、千代子は考え直す。息子の目的がプレゼントを渡すことであったと、手嶋家の人たちは知らなかったのだ。それを知る自分とは、おのずから心配の度合いが異なるかもしれない。それに、捜しにいった同室の父親たちとは違い、母親のほうはあまり大ごとだと思っていないからこそ、彼女はさっき、飲み物を買いにいったなんて嘘をついてごまかそうとしたのだ、とも考えられる。

「このプレゼント、息子さんがくださったのだと思われます？」

「息子がそんなものを用意していたなんて、私はまったく知りませんでした」

あなたは知ってたの、と女性が後ろを見る。娘は首を横に振っていた。

高校生の息子がプレゼントを渡すべく、父と祖父が寝静まるのを待って部屋を出る。ところが部屋に戻るより先に、息子がいないことに気づいた父と祖父が、息子を捜しにいく。状況はほぼ判明したものの、プレゼントを誰に届けてもらったのか、また中身が何なのかが依然としてつかめない。

「ご協力ありがとうございました。最後に息子さんのお名前だけ、お訊きしてもよろしいでしょうか」

雄、雌の《オス》に貴重品の《キ》で雄貴です、との言葉を残し、女性はドアを閉めた。

「結局、肝心なことは何もわからずじまいでしたね」

千代子がため息をつくと、大原がそうだろうか、と応じた。

「息子が部屋にいないということが、プレゼントの贈り主であるという何よりの証ではないかね。われわれも、引き続き雄貴君を捜索しよう」

ですね、とこぶしを握る千代子の背後で、二宮がぼそっとつぶやいた。

「あの、自分もう帰っていいですか……」

「だめですよ。乗りかかった船じゃないですか」

引き止めながら、千代子は思う。二宮さん、今日はいつになくノリが悪いな。よっぽどやっかんでいるみたい。この人きっと、根に持つタイプだな。

「それに、もしも男子高校生のファン心理が暴走して、あたしが襲われることにでもなったら、誰が助けてくれるんですか」

「知るかよ。大原さんがいるだろ」

すると、大原は丸々としたお腹をぽん、と叩いた。

「見たまえよ、このお腹を。男子高校生にかなうと思うかね」

「……何でそういう情けないことを、そんな風に堂々と言えるんですか」

くそ、と二宮は吐き捨てた。

「しょうがないな。付き合えばいいんだろ、付き合えば」

「さっすが、二宮さんはものわかりがいい！　さ、行きましょう」

千代子は二宮の背中を押して、511号室の前を離れた。

6

ゲームコーナーで図らずも過去に触れたことが、さらなる記憶を呼び覚ます。

二十年前、妻は置き手紙一枚残し、家を出ていった。息子の貴文ですら、妻はその後、一度も銀次郎の前に姿を見せることがなかったと信じきっている。

だが、事実はそうではなかった――ちょうどひと月ののち、妻はあの家に帰ってきたのだ。

妻のいる生活に長年慣れきっていた銀次郎は、ひとりでの暮らしを懸命に続けるあまり、自分でも気づかないような部分に疲れを溜め込んでいたようだった。年末が過ぎ、新年を迎え、その慌ただしさも一段落するころになって、銀次郎は風邪を引いて寝込んでしまった。体調管理も社会人の義務と考えていた銀次郎にとって、それは何十年ぶりかも思い出せないほど久々の出来事だった。

会社に休みを取る旨の連絡を入れ、銀次郎は二階の自室で布団にもぐっていた。すると、これまでわざと意識しないように努めてきたことが、寝汗がシーツにしみを作るように、病気になり弱った心に広がっていった。心細い、と思った――寂しい、と思った。

　昼下がりというよりは、夕方に近い時間帯だっただろうか。銀次郎が浅い眠りから目を覚ますと、階下から物音が聞こえたような気がした。

　初めは勘違いかと思った。だが、耳を澄ましていると確かに二度、三度と物音がする。何者かが、一階にいるのは明らかだった。

　高熱は引いていなかった。銀次郎はふらつきながら、武器になるものを手に取って階段を下りる。それは十二月から廊下の出窓に出しっぱなしになっていた、クリスマスツリーの形をした陶器の置物だった。妻がそこに飾って間もなく家を出ていってしまったので、クリスマスが過ぎてからも片づけずじまいになっていたのだ。

　人の気配を感じ、居間の引き戸を開ける。

　ほんの一瞬、銀次郎は自分の見た光景を、高熱の見せる幻覚であるかのように感じた。

　妻がいた。幽霊でも見るような目で、こちらを凝視していた。

「……あなた、どうして家にいるの。仕事はどうしたの」

　銀次郎はひとつしわぶくと、ひたいに軽く手を当てて言う。

「風邪を引いた。熱がある。おまえこそ、何でここにいる。帰ってきたのか」

妻はさっと視線を逸らした。納得のいかないことで叱られた子供みたいな仕草だった。

「荷物を取りにきただけよ。あのときは急で、何もかも持って出るわけにはいかなかったから」

クリスマスの晩、帰ってきた家はがらんとして見えたが、妻の衣類などは少なからず収納に残されていた。かねて準備を進めていたというよりは、衝動的に最低限のものだけ持って家を飛び出した、という状況に近かったのだろう。

「また、出ていくんだな」

銀次郎の試すような問いに、妻は低い声で答えた。

「当然よ。手紙にもそう書いたでしょう」

「ひとりでどうやって生きていく。外で働いた経験なんてほとんどなくて、何十年も家のことだけやってきたような女が」

「バカにしないでよ！」

妻は手に持っていたボストンバッグを、床にたたきつけた。

「そんな風に私のこと見下して、さも自分が養ってやってるみたいな言い方して。私はあなたの付属品じゃないのよ。ひとりでだって、生きていけるわ」

もううんざりなのよ、と妻はうめき、自身の髪をつかんでぐしゃぐしゃにする。

銀次郎の頭に血が上る。妻がこうしてかんしゃくを起こした姿など、ただの一度も見たことがなかった。不満があったなら、なぜ言わなかった？　なぜいきなり、こんな極端な行動を取ろうとする？　妻と大事な話をする時間さえ持とうとしなかったのは銀次郎のほうであったことに、彼は気づいていなかった。

「考え直せ。いまなら許してやるから」

銀次郎は一歩、妻に詰め寄る。彼女は拾い上げたバッグを盾にするようにして、後ずさった。

「嫌よ。あなたに許してもらわなきゃいけないことなんて何もない」

「いい加減にしろ。五十にもなってこんな真似、みっともないと思わないのか」

「みっともないからどうだっていうのよ。体裁ばかり気にして耐え忍んでいるうちに、私の人生は壊死《えし》していくんだわ。そんなの、冗談じゃない」

玄関へ続く廊下のほうに銀次郎が立ちはだかっていたからだろう。妻は背後の掃き出し窓を開け、靴下のままで庭に飛び出そうとした。その肩に、銀次郎は手をかけた。

「おい、待てって」

「離して！」

揉み合いになる。妻がバッグで銀次郎を押し返し、銀次郎はカッとなって妻を突き飛ばした。庭に尻もちをついた妻が、恨みのこもった目でにらんでくる。それでまた、頭が熱くなった。それが風邪の症状なのか、怒りによるものなのか、判別する冷静さなど銀次郎の体内のどこにも残されていなかった。

「おまえなんか――」

銀次郎は右腕を振り上げる。その手には、クリスマスツリーの置物が握りしめられていた。

アア、と悲鳴のような声が聞こえる。銀次郎に刺さる、錐《きり》のようにするどい視線。

――ヨシノ、おまえに見捨てられるくらいなら。

バリンと陶器の割れる音が、冬の乾いた空気をつんざいた。

銀次郎は息を呑む。

大浴場にいるのかもしれない、と貴文は言った。

「あの歳の男だからね。夕方風呂に入ったとはいえ、時間が経ってまた入り直したくなることはあるだろう」

銀次郎は息子についていくことにした。もとより彼は、次に孫を捜すべき場所について、何も考えを持っていなかった。

　ＧＰホテルの大浴場は、近くから温泉を引っ張ってきている。銀次郎がこのホテルについて、ほとんど唯一感心したのがその点だった。

　夕食の前に浴びた風呂は適温で、泉質もまずまずだった。体が温まったのに銀次郎は満足したが、高校生の雄貴にしてみれば、むしろその後に汗をかいてしまったのかもしれない。眠れずに風呂にいくというのも、ありそうなことだと感じた。

　大浴場は一階の、ロビーから延びる長い廊下を抜けた先にある。男風呂と女風呂の入り口にそれぞれ青と赤ののれんが下げられ、その向かいにある畳敷きの部屋は、細長い座卓が並べられた休憩スペースとなっていた。給水器の水は無料で、横にプラスチックのコップが重ねられている。奥には飲料とアイスの自動販売機も見えた。

「父さんはここで見張ってて。ぼくは浴場の中に入って、雄貴がいないかどうか確かめてくるから」

　そう言って貴文がのれんの向こうに消えたので、銀次郎は休憩スペースに腰を下ろした。のれんのほうを見張っていると、こんな時間にもかかわらず、女風呂からホテルの浴衣を着た二人組の女性が出てきた。

　見たところ四十代の女性と、小学生の女の子という組み合わせ。雰囲気から察するにこちらも、先ほどと同じく母子だろう。ちょうど貴文の妻と娘、絵美と紗絵と似たような年ごろだ。

「お風呂、気持ちよかったね。体がポカポカする」

娘が言い、母親はにっこり微笑みかける。

「着くのが遅くなっちゃったけど、温泉入れてよかったね」

二人はそのまま休憩スペースに上がり、銀次郎の隣にある座卓の周りに腰を下ろした。のれんのほうを見ているあたり、誰かを待っているようだ。

「お父さんたち、まだかな」

娘は言葉を発するたび、きちんと母親のほうを向く。対する母親は、のれんからあまり視線を動かさない。

「うちの男連中はいつも長風呂だものね。一緒に仲良く入浴してくれてるのなら、いくら時間がかかってもかまわないんだけど」

「お父さんとお兄ちゃん、最近、仲悪いもんね。しょっちゅうケンカしてる」

「お兄ちゃん、反抗期だからね。ある程度は仕方ないのよ」

ハンコウキ？　娘は首をかしげる。母親は説明もせず、嘆息した。

「せめて旅行のときくらい、仲良くしてくれればいいのに。ホテルに着くのが遅れたのだって、水族館であの二人がてんでんバラバラに行動するから、集合するのに時間がかかったせいだったし」

「おじいちゃんも来てくれてたらよかったのにねぇ」

娘が大人びた口調でしみじみと言った。母親もしきりにうなずいている。

「ほんと、あの子はおじいちゃん子だものね。お父さんにはついつい反抗してしまっても、おじいちゃんの言うことならちゃんと聞く耳を持ってくれると思うわ」

「あたしもおじいちゃんと会いたかったなぁ」

「誘ったのよ。でも、遠いからおっくうだって。もっと近くに住んでたら、お兄ちゃんのことなんかで困ったときも、頼ったりできるのにねぇ。うちの家族は同居してもいいと思ってるって、ちゃんと伝えてあるんだけど……」

銀次郎はゆるゆるとかぶりを振った。今日は何だか妙だ。赤の他人の会話が、まるで自分のことのように聞こえてならない。めったにない家族旅行の最中だということが、神経を過敏にしているからだろうか。

「だめだ、浴場にもいない」

貴文が、青いのれんをくぐって戻ってくる。

「ここでもないとなると……まさか高校生でバーには行かないだろうし、あと捜すとしたらロビーくらいかな……」

情けない声を出すな、と叱りたくなる。それでもおまえは雄貴の父親か。

「ほっとけばいいとおれが言ったのを、捜すと言って譲らなかったのはおまえだろうが。しっかりせんか。ほれ、ロビーに行くぞ」

銀次郎はすっくと立ち上がる。そしてなおもくつろぐ風呂上がりの母子のそばを離れ、休憩スペースを去った。

7

千代子たちは引き続き、手嶋雄貴の行方を追っていた。

「従業員にプレゼントを渡してもらうようお願いしたのか、ほかの方法を用いたのかはわからないけど……とにかくまだ部屋に戻ってないってことは、館内のどこかにいるはずですよね。男子高校生が行きそうなところといえば、やっぱりゲームコーナーかな……」

半ば独り言のようにつぶやきつつ、張り切って考えを整理する千代子とは対照的に、二宮はぐったりしていた。

「なー、もう戻ろうぜ……」

「ここまで来て何言ってるんですか。さっき付き合うって言ったばかりでしょ」

軽くいなしたあとで千代子は、二宮の顔をのぞき込み、まじまじと見つめた。

「な、何だよ」

「二宮さん、ひょっとしてあたしとお客さんがいい感じの関係になっちゃうんじゃないかって、心配してます？」

にやにやする千代子を、二宮はきつめににらんだ。

「何なの？　何食って育ったらそこまでお調子者になれるわけ？」

《おっちょこちょこ》というより《お調子ちよこ》だな、と二宮は悪口なのか何なのかよくわからないことを言う。

「いいですか、二宮さん。お客さんのひとりが、館内で行方不明になってるんですよ。その捜索は、れっきとしたホテリエの仕事です。よって、二宮さんには協力してもらいます」

「上司みたいなこと言うなよ。まだ一年目のくせに」

ホテリエのあるべき姿を語るのに、新人もベテランもないだろう。堂々と歩みを進める千代子に、二宮は渋々ついてきた。

地下のゲームコーナーにたどり着いたとき、入り口で子連れの母親とすれ違った。こんな遅い時間まで遊んでいたのだろうか、と千代子は少し気にかかる。

「ママ、どうだった？」

無邪気に問う男の子に、母親がにっこり笑い返す。

「うん、とても上手だったよ」

ゲームの腕前の話だろうか。母子の会話を、ほかの二人は気に留める様子もなかった。

時間が時間だけに、ゲームコーナーには人っ子ひとり見当たらない。念のため、トイレなどの死角もひととおり捜したものの、雄貴らしき人影はどこにもなかった。

「ここにいなければ、大浴場ではないかね」

大原の提案で、次は一階の大浴場へ移動する。

「二宮さん。中、見てきてください」

男風呂ののれんの前で千代子がうながすと、二宮は露骨に面倒くさそうにした。

「何でだよ。落合が行けばいいだろ」

「いやいやいや、男風呂ですよ。あたしみたいな女の子が入れるわけないでしょう」

自分で《女の子》って言うなよ、と二宮は毒づく。

「とにかくオレは行かないぞ」

「何でですか、ケチ。じゃあ、大原さんお願いします」

「よし、まかせたまえ」

どさくさに紛れて、大原は女風呂の赤いのれんをくぐろうとした。

「ちょっと、そっちじゃない！」

「ちっ……この流れならいけると思ったんだがなぁ」

この人ほんとやばいな、と千代子は思った。

「いいから男風呂、お願いしますよ！」

大原の背中を押して青いのれんの向こうへと送り出し、千代子は休憩スペースのほうを振り向いた。そして、そこに腰を下ろしている母子らしき二人組に話を聞いた。

「あの、お客さま。このあたりで高校生くらいの男の子、見かけませんでしたか」

一瞬、二人が目配せを交わしたように見えた。母親のほうが問い返す。

「何かあったんですか」

「緊急にお訊きしたいことがございまして……ご宿泊のお客さまなのですが、たったいま客室をお訪ねしましたところ、いらっしゃらなかったのです」

再び母子は互いの顔を見る。何らかの意思疎通のあとで、母親のほうが教えてくれた。

「たぶん、ロビーにいると思います」

「え」明確な答えが返ってきたことに、千代子は驚いた。「見たんですか？」

「えぇ、そうですね。さっき、ロビーで」

「本当ですか！　ご協力、感謝いたします」

そのとき大原が男風呂から出てきた。

「誰もいなかったよ。男風呂は無人だった」

なぜか、頬がほのかに上気している。

「……大原さん、まさかとは思いますけど、この短時間にひとっ風呂浴びたりしてないですよね」

「浴室に入るのに服を脱がないわけにはいかんだろう。ついでにかけ湯をね」

「従業員なんだから制服のままでいいんですよ！　何考えてるんですか」

「いい湯だったよ」

この上司はやばいので相手するだけ無駄だな、と千代子は悟った。

「でも、誰もいなかったんだ……それなら別に、あたしが自分で確かめてもよかったな」

「そういう問題かよ」

二宮はしかめっ面をしている。

とにもかくにも、ロビーへ急がねば。ファンとの劇的な対面を妄想し――脳内では、ファンは朝ドラ俳優で補完されていた――千代子はひそかに胸を高鳴らせていた。

8

庭の土を掘っていたときの感触は、いまでも時折、手のひらによみがえる。

終始陽射しに照らされていたにもかかわらず、穴を掘るあいだ、誰にも目撃されることがなかった。汗をかきながらシャベルを振るう銀次郎のかたわらには、ヨシノの真っ白な骸《むくろ》が寝かされていた。縁側には昨日から出しっぱなしになっていた、ひからびたイカの刺身と日本酒のカップが置かれ、縁の下には粉々になったクリスマスツリーの置物の破片が散らばっていた。

もの言わぬヨシノを穴の底に横たえ、最後に土をかけるとき、ふいに思い出が脳裡を駆けめぐった。

ヨシノの温もりを肌に感じ、心がなぐさめられていたあのころ。道を踏み外しそうになったとき、叱りつけるようにじっと見つめてくれたこと。たくさんの恩があったのに、おれはヨシノのことをろくに知ろうともせず、自分のせいでヨシノを死に至らしめてしまった。

――おれが、ヨシノを殺したんだ。

どれほど後悔しても、取り返しはつかない。命は還《かえ》らない。あらためてそのことを思い知り、銀次郎は肩を震わせ涙した。

そしてその日を境に、銀次郎にとってわが家の庭は、罪の記憶によって自身を縛りつける悲嘆の地となったのだった。

銀次郎がロビーに到着してみると、隅に置かれたソファに五十代くらいの男女が座っているのが見えた。夫婦だろうか。ずいぶん暗い表情をしている。

「雄貴はここにもいないのかな……」

あたりに視線をめぐらせる貴文の台詞も耳に入らない。引き寄せられるように、銀次郎は男女のもとへ近づいた。

「本当に、急なことだったわね」

女性が嘆くように言うと、男性はため息交じりに「あぁ」と応じた。

「親父も何も、この年の瀬の忙しいときに逝《い》かなくてもな」

「仕方ないわよ。死にたくて死ぬわけじゃないんだもの。幸い……という言い方はよくないけど、近場でホテルも取れたんだし」

「クリスマスで、どこも満室だったものな。俺たち夫婦が泊まる部屋だけでも、空いててよかったよ」

　やはり、二人は夫婦らしい。そしてどうも夫の父親が他界し、葬儀等の関係でこのGPホテルに宿泊しているということのようだ。

「お義父《とう》さん、苦しかったでしょうね」

　妻がぽつりとつぶやく。

「医者の話じゃ、あと少し発見が早かったら助かったかもしれなかったそうだ。だから俺は何度も言ったんだよ、一緒に住むか近くに引っ越すか、いっそ施設にでも入ってくれって。だけどあのとおり、親父は頑固だったから」

「それでも年に二度、あなたは九州からお義父さんの様子を見にきてたんだものね。大変だったと思うわ」

「親父には悪いけど正直、肩の荷が下りたって感じだよ」

　充血した目をしばたたかせ、夫はうつむいた。

もはや、不思議だという感覚すらなかった。この夫婦が語っているのは、来るべき自分の最期の姿だ。いかなる運命のいたずらか、今年のクリスマスは銀次郎にとって、過去を思い返し、現在を認識し、未来を想像することで、人生を見つめ直す一夜になっているようなのだ。

「あっ、いた、雄貴！」

やにわに貴文が大声を上げ、銀次郎は彼の指差した方角を見た。

雄貴が立っていた。ロビーの外れにあるトイレから、ちょうど出てきたところだった。

「おまえ、こんな時間に何やってたんだ。捜したんだぞ」

こちらに近づいてくる雄貴に、貴文がたしなめるように問う。雄貴は後頭部を軽くかいて、思わぬことを告げた。

「オレ、サンタクロースになりたかったんだよ。十二時を回って、今日はクリスマスだろ」

「サンタクロース？」

反射的に聞き返した銀次郎のほうへ、雄貴が歩み寄ってくる。

「じいちゃんに、プレゼントがあるんだ。ほら、オレがまだ子供のころは、いろんなプレゼントをもらったろ。だから、お返ししたいと思って。はい、これ」

雄貴は真っ赤な封筒を差し出してきた。右上に蝶結《ちょうむす》びのリボンが、金色のシールで留めてある。

戸惑いながら、銀次郎は封筒を受け取る。そして開封し、逆さにして中身を取り出した。

「これは……」

銀次郎の手のひらに載っていたのは、一本の鍵だった。

雄貴が笑顔になる。

「うちの合鍵。じいちゃん、オレたち家族と一緒に住もうよ。家族はみんな、じいちゃんにうちへ来てほしいと思ってるんだ」

銀次郎はびっくりして振り返る。いつの間にか、貴文の隣に絵美と紗絵が並んで立っていた。三人とも、穏やかな笑みを浮かべてこちらを見つめている。

あらためて、銀次郎は手元の鍵に視線を落とした。これが、息子一家からのクリスマスプレゼント――ありがたくて、幸せで、すべてが夢みたいだった。

うわ言のように、銀次郎はとつとつと語り出す。

「実は今夜、このロビーへ来るまでに、人生を省みざるを得ないような出来事があったんだ。おれの人生の過去、現在、未来を垣間《かいま》見て、いまからでも生き方を変えなければと思った」

雄貴がうれしそうにうん、うんとうなずいている。銀次郎は孫の手を取った。
「雄貴、ありがとう。よかったら、おれもこれから同じ家で一緒に……」
「――あー、やっと見つけた！　手嶋さまー、すみませーん！」

ところが、である。せっかくの感動的な場面を、若いベルガールのかしましい声が台なしにした。

呆気に取られた手嶋家の一同をよそに、ベルガールは二人の男性スタッフをしたがえ、銀次郎と雄貴のあいだに割って入る。家族の大切な時間を邪魔することなど、彼女にとっては野原でアリを踏むくらいに罪悪感のない行為らしかった。
「雄貴さんですよね。あたし、ベルガールの落合千代子っていいます……あ、名乗らなくても知ってるか」

雄貴はとまどっているように見えるが、落合と名乗ったベルガールはおかまいなしだ。
「ちょっと、お訊きしたいことがありまして。この、プレゼントのことなんですけど――」

「待ってください」

　貴文が、ベルガールの質問をさえぎった。

「いま、大事な話をしていたところなんだ。用があるなら、あとにしてくれませんか」

「あ、それは大変失礼しました。では、続きをどうぞ」

　落合がさっと手のひらを上に向ける。立ち去る気配はなかった。

「あなた方も、話を聞くおつもりですか」再び貴文。

「聞くなとおっしゃるのであれば聞きません。しかし、こちらも緊急の用件ですので、ここを離れるわけにはいかないのです」

　落合の後ろで若い男性従業員が頭を抱え、上司らしき年配の従業員は素知らぬ顔をしている。やはりこのホテルは三流だ、なぜこうも人気があるのか。銀次郎はいぶかしく思った。

「まぁ、いいや……とにかくもう一度、じいちゃんの考えを聞かせてくれよ」

　雄貴が会話を、数分前まで巻き戻した。銀次郎は深く息を吸い込み、先ほどと同じことを、さらに詳細を交えて語る。

「雄貴を捜してホテルを動き回っているあいだ、たまたま出会った人の会話が耳に飛び込んできたんだ。ゲームコーナーにいた母と息子は、父親が約束を破って旅行に来なかったことを寂しがっていた。これは幼い貴文を遊園地に連れていくという約束を破ってしまった、過去のおれと重なる。大浴場の前で父と息子が風呂から上がるのを待つ母と娘は、同じ家族の男二人の折り合いが悪いことを心配し、おじいちゃんがもっと近くにいたら頼れるのに、ということを話していた。これは現在のおれと、おまえたち家族の関係のことだ。さらにロビーでは、葬儀のために急きょこのホテルに宿泊したという夫婦が、父親が孤独に死んだことを嘆いていた。これは、現状のままひとりで暮らし続けたおれが迎える未来のことだ」

銀次郎は息子、その妻、孫娘と順に顔を見回し、最後に雄貴へと視線を戻す。

「そして、おれは思い知らされた。残された人生の中で、家族と過ごす時間がどれだけ貴重で価値があるか、ということを。だから、もし許してもらえるのであれば、これから――」

同居させてほしい。家族の温かい眼差しに囲まれ、銀次郎はそう申し出ようとしていた。それだけで、彼はかたくなだった心を溶かし、家族旅行の夜は円満に終わりを迎えるはずだった。

思いもよらなかったのだ。まさか、さっきとまったく同じ箇所で、再び邪魔が入ろうなどとは。

「それ、クリスマス・キャロルですよね？」

ベルガールが放った一言に、銀次郎はさっと彼女のほうを見た。

その瞬間の落合はさながら、《サンタクロースなんていない》と宣言して得意になる子供のようだった。無邪気だが高慢な笑みを浮かべ、銀次郎に向かって繰り返したのだ。

「あたし、知ってますよ――それって、ディケンズのクリスマス・キャロルのストーリーと同じですよね！」

9

老人はぽかんとし、ほかの手嶋家の面々は愕然としていた。けれども千代子は、それが自分の発言のせいだということがうまく認識できていなかったので、視線が集まったことにむしろ若干の気持ちよさを覚えつつ、続けざまにしゃべった。

「あたし、子供のころにアニメ映画で観たことがあるんです。アヒルのスクルージと犬のマーレイ、書記のクラチットはネズミのキャラクター。大好きで、何度も観たから、ストーリーをはっきり憶えています。おじいさんが自分の過去、現在、未来を見て改心するという、心が温かくなるお話でした。ですから先ほど、そちらのお客さまがおっしゃったのは、まさしくクリスマス・キャロルですよね。そういう余興か何かだったのですか？」

「ちょっと、黙っててもらえますか――」

雄貴が声を荒らげるが、ちょうど何かを考えるように歩き回り始めた千代子の耳には、意味のある言葉として届かない。

「そういえばゲームコーナーの入り口ですれ違った母子。『どうだった？』って男の子が訊いて、『上手だった』と母親が答えてました。あれって、ゲームの腕前じゃなくて余興での演技のことだったんですかね。それから、大浴場の前で母と娘が男風呂から上がる人を待ってたって言いましたけど、あのとき男風呂は無人だったそうですよ。あと、急きょこのホテルに宿泊したというご夫婦。クリスマスイブにあたる今夜の当ホテルの予約は満室でした。急きょ泊まれる部屋なんて、なかったはずなんです」

「おい！　あんた、黙れって言ってるだろ」

雄貴に肩をつかんで揺さぶられ、千代子は慌てて口をつぐむ。この子、あたしのファンのはずなのに、この乱暴な扱いはどういうわけ？

直後、ホテルのロビーを厳寒の屋外よりもさらに冷やすような、低い声が響いた。

「そうなのか？　すべては仕組まれたことだったのか」

老人の問いに、ほかの大人たちは固まっている。状況を理解できていないらしい小学生の娘が、きょろきょろと家族の顔を見比べていた。

「……うちの劇団のみんなに頼んだんだ」

沈黙を破った雄貴の口ぶりは完全に、罪を認める容疑者のそれだった。

「クリスマスに劇団の合宿がてら、クリスマス・キャロルを演出してくれないかって。うちは元々市民劇団で、公演とかもそれほど多くやってるわけじゃないから、おもしろそうだといって協力してくれたよ。スクルージ役は、じいちゃんだった」

じいちゃんが眠りについてからでないと始められないのと、ほかに邪魔が入らないようにというので、開演は深夜になった。マーレイの亡霊よろしく案内役を務めるのは、お父さん。自分は舞台監督として、それぞれの演者――ゲームコーナーの母と息子、大浴場の母と娘、ロビーの夫婦――に指令して回る役目を果たしていた。お母さんもそのことを知っていたけど、妹の紗絵だけはまだ状況が理解できないかもしれないので、何も教えていなかった――すらすらと、雄貴は今夜の企《たくら》みを白状していく。

千代子は511号室のドアチャイムを鳴らしたときのことを思い出す。事情を語りたがらない母親とは反対に、紗絵と呼ばれた女の子は雄貴が行方不明であることを知らせようとした。あれは、このクリスマス・キャロルが実演中であることを知られたくない母親と、何も知らない娘とのやりとりだったのだ。

「どうしてそんなことをしたんだ」

難詰するような老人の口調にも、雄貴はひるまなかった。

「じいちゃんがうちに来てくれるように、だよ」

老人は手元の鍵を見た。雄貴が感情的に続ける。

「じいちゃんが遠く離れた佐賀にひとりで住んでること、お父さんやお母さんも心配してるし、会いにいくのにも苦労してるんだ。同居もできるようにって家まで建てたのに、じいちゃん全然聞く耳持ってくれないしさ。このままじゃうちの親、きっとじきにじいちゃんのこと嫌いになって、早くいなくなってくれれば、みたいなこと言い出すようになるよ」

オレ、そんなの絶対嫌なんだ。雄貴の叫びがこだまする。

「オレはじいちゃんのことが好きだし、長生きしてほしいって思ってるんだ。一緒に住んで、昔みたいに釣りに連れていってもらったりしたいんだよ。オレだって大人になればいまの家を出ていくだろうし、そのときじいちゃんが佐賀にいたら、もうほとんど会う機会もないと思う。できなくなってから、もっと一緒の時間を過ごしておけばよかったって、後悔しても遅いんだよ」

紗絵もおじいちゃんと一緒に住みたぁい、と娘が無邪気な声を立てる。雄貴の両親は、うっすら涙ぐんでいるように見えた。

いまさらになって千代子は気づく。あたし、もしかしてとんでもない邪魔をしてしまったのかしら。だが悔やんだって取り返しはつかない。せめておじいさんが同居に同意することで、自分の失敗が帳消しになるよう、口を真一文字に閉じて祈っていた。

んん、と老人がかれた声で咳払いをする。そのあとで、体のどこかが痛んでいるような、苦悶に満ちた表情を浮かべ、言った。

「……すまんな、雄貴。でも、おれはあの家を出ない」

「どうして！」雄貴の父親が両手を広げる。「雄貴がここまでやってくれたんだ。それに、うちの家族も迎え入れるつもりでいる。父さんだって、さっきは同居に前向きらしいところを示したじゃないか」

「クリスマス・キャロルなら、おれも昔、読んだことがある」

老人の声は落ち着いていた。

「指摘されるまで、すっかり忘れていたけどな。有名な物語だが、しょせんは作り話だ。おれもその虚構の世界にいざなわれ、つい先刻まで現実を見失っていた。そこのお嬢さんのおかげで、ようやっと現実に帰ってきたよ。そして、思い出したんだ。おれはあの家を離れてはいけないのだ、ということを」

「何がそこまで、父さんをあの家に執着させるんだ……まさか、いつか母さんが帰ってくるとでも？　母さんはもう、あの家に帰ってきやしないよ」

「そんなことは、おれが一番よくわかっとる」

ぴしゃりと切り捨てられ、雄貴の父親はたじろぐ。老人はぶるりと身を震わせ、続く言葉を嚙みしめるように紡いだ。

「あの家の庭には、おれが死なせてしまった、ヨシノの骨が埋まってるんだ」

静寂が、立ち尽くす人たちに重くのしかかる。場違いに明るいクリスマスツリーが、冷笑するように彼らを睥睨《へいげい》していた。

「……ヨシノって、おばあちゃんのこと？」

沈黙から最初に脱したのは紗絵だった。邪気のない声で、隣の母親に訊ねている。

答えたのは、彼女の父親だった。

「いいや、違うよ。いなくなった紗絵のおばあちゃんの名前は、房江《ふさえ》だ。いまは北海道にいて、ほかの人と一緒に暮らしてる」

しばらくして、ぼくには連絡をくれるようになったんだ。いまでもたまに、近況を報告し合ったりするんだよ。その言葉の意味するところが、千代子にははっきりとはわからなかったが、複雑な事情があるらしいということだけは察した。

老人は驚きを隠そうとしない。

「おまえ、あいつの消息を知っていたのか」

「黙っててごめん。母さんが、父さんにだけは内緒にしててくれって。でも、もういいだろう。母さんはほかの人と幸せに暮らしてるんだから、父さんがあの家に執着することはないんだ」

「おまえがそんなことを言っていいのか。あいつと一緒で、家庭を顧みなかったおれの被害者だろう」

老人の自虐にも、雄貴の父は毅然として反論する。

「許していなければ、ぼくは父さんに同居を勧めたりしない。母さんは苦しんだかもしれないけど、その結果家を出て、いまは当時より幸せに暮らしてるんだ。だからもう、そのことで父さんが自分を責める必要はどこにもないんだよ」

「だ、だとしても……」老人は臆する気配を見せた。「それは、あの家を離れられないこととは関係ない。おれは、ヨシノの骨と添い遂げると決めたんだ」

「ヨシノって、誰？　じいちゃん、誰を殺してあの庭に埋めたの」

こわごわと、雄貴が訊ねる。

老人のささやきは、あまりにも弱々しくて聞き取りづらく、千代子は一瞬、自分の耳を疑いさえした。

「――猫だよ」

場にいる誰もの顔に当惑が浮かぶ。老人はもう一度、今度はゆっくりと明瞭に、その告白を繰り返したのだった。

「ヨシノは猫だよ。うちの庭に、よく遊びに来てくれていた野良《のら》猫だ――そいつをおれは、この手で死なせてしまったんだ」

10

ヨシノが初めて家の庭に遊びに来てくれたのは、いつのことだっただろうか。

季節も年も、ほとんど何も憶えていない。ただ、息子の貴文が家を出ていき、何となく寂しさを覚え始めてから、妻の房江が去るまでの数年のあいだだったことは間違いない。

ある日、銀次郎が釣った魚をつまみに縁側で酒を飲んでいると、庭の垣根の向こうから《にゃあ》と鳴き声がして、白猫が現れたのだった。猫は魚が好きだという考えがあったから、試しに魚の切り身をやったところ、白猫はうまそうにそれを食った。野良にしては毛並みがよかったから、きっとほかにも餌をくれる家が近くに何軒かあったのだろう。

以来、白猫は銀次郎の家の庭にしばしば姿を見せるようになった。いつまでも《野良猫》と呼ぶのはどうかと思ったので、《野良》を逆さにして《良野《ヨシノ》》と名づけた。妻はヨシノのことを知っていたけれど、ほとんど興味を示さなかった。

やがて妻が家を去ると、銀次郎にとって孤独をなぐさめてくれるのはヨシノばかりとなった。心なしか、ヨシノは妻がいなくなったのに合わせ、以前より頻繁に庭を訪れるようになった気がした。銀次郎はそのたびに釣った魚とか、イカをあぶったものとか、手元にある食べ物をヨシノに与えては、おいしそうに食べる姿を見て満足した。

そして、妻が出ていった一ヶ月後。銀次郎にとって、思いがけない出来事が起こる。

家にひょっこり戻ってきた妻と、銀次郎は揉み合いになった。庭に転がり出て、憤りと高熱とで頭が真っ白になり、銀次郎は倒れ込んだ妻の頭部めがけて陶器の置物を振り上げた。

そのときだ。ヨシノがアアと、まるで人間のように太い声で鳴いたのは。

いつの間に庭に潜り込んでいたのか、振り向くとヨシノはこちらをじっと見つめていた。その眼差しが、いままさに罪を犯そうとしている銀次郎を糾弾しているかのようだった。

妻を傷つけようとしていることを、その重大さ深刻さを、銀次郎は認識できる状態になかった。ただその瞬間、妻を手にかければ確実に、ヨシノは自分のもとを去るだろうということを直感した。ヨシノにまで見捨てられるくらいなら、このまま妻を解放するほうがマシだ――ためらいが生まれた直後、妻は銀次郎を突き飛ばして逃げた。手に持っていたクリスマスツリーの置物は、そのときの衝撃で割れてしまった。

ヨシノが止めてくれなければ、おれは房江を殺していたかもしれない――熱が引いたあとで銀次郎は、そのことを思っていまさらのように身震いした。彼にとってヨシノが、ますます特別な存在となったことは言うまでもない。

ところがそのヨシノを、一年も経たないうちに銀次郎は、みずからの手で死なせてしまったと思うようになる。

夏の蒸し暑い日だった。朝まだきに旬のケンサキイカが釣れ、刺身で食べながら冷酒を飲んでいた。すると、いつものようにヨシノが現れた。

生のイカを与えるのは初めてだった。差し出してみると、ヨシノは喜んでそれを食《は》んだ。それから縁側に上がり、銀次郎にもたれるようにして丸まる。銀次郎にとっては、何より幸せなひとときだった。

翌朝、庭に出てみると、隅でヨシノが冷たくなっていた。

驟雨《しゅうう》のように唐突に襲いかかった現実を受け入れられなかった銀次郎は、考えうるヨシノの死因を調べた。そして、知ったのだ。猫にイカを、わけても生のイカを与えてはいけないことを。チアミナーゼという酵素がビタミンB_1欠乏症を引き起こし、歩行障害などを発症させてしまうことを。

もっとも、それがヨシノの直接の死因になったという根拠があったわけではない。むしろ新鮮なイカに含まれるチアミナーゼは比較的少ないらしく、その日釣ったばかりのイカが猫にどれほどの害を与えたかはわからない。暑い日で体力が落ちていたのか、ヨシノは年齢すらはっきりしなかったので実は寿命を迎えていたのか——野良猫の平均寿命は、飼い猫のそれと比べて短いのだ——といったように、ほかにもさまざまな原因が考えられた。

だが、銀次郎にとってそれらの情報は何の意味もなさなかった。銀次郎の中では、自分が死なせたのかもしれないと思うことと、自分が死なせたのだと結論づけることのあいだにほとんど差がなかった。何よりも、自分をなぐさめ、罪を犯しそうになったときは思いとどまらせてくれたヨシノのことを、こちらからは何も知ろうとしなかったという事実が彼を打ちのめした。猫の習性や飼い方などにわずかでも関心を持っていれば、決してイカを与えたりはしなかったのに。

家の庭に穴を掘ってヨシノを埋めたとき、銀次郎は今度こそひとりぼっちになったのだと思った。けれどもそれは、ヨシノを死なせてしまったという罪の意識と表裏一体だった。孤独は罰で、自分にはヨシノを弔い続ける義務があるのだ。

そうして銀次郎はあの家で、ヨシノのすぐそばで、生涯暮らすことを決意したのだった。

「そんなことが……だから父さん、あの家を離れたがらなかったのか」

貴文の言葉に、銀次郎はあごを引いた。

「おまえや房江と家族として過ごした時間はもちろんだが、ヨシノとの思い出と自分の罪が詰まった家でもあるんだ。出ていくことなど考えられん」

長くたどってきた道の先が行き止まりだったみたいな空気になってしまったことを、銀次郎は申し訳なく思った。ややあって、貴文が言う。

「……わかった。父さんの気が済むようにすればいい」

「あなた！」

　絵美が悲痛な声を上げる。けれども貴文は、もう心を決めたようだった。

「父さんがここまで言うんだ。仕方ないだろう。これからの人生くらい、好きにさせてあげたい」

　貴文は言葉を選んだが、老い先短い父親のわがままを聞こう、というのだろう。生意気なことを言うものだ、と思いはしたものの、銀次郎は息子の理解に感謝した。

「そんな……オレの努力はどうなるんだよ」

　雄貴は泣きそうになっていた。それだけが、銀次郎の胸をちくりと痛ませる。

「劇団のみんなに頭下げて、今日のために台本もしっかり練って、みんなで練習して……」

「おまえの気持ちは、ちゃんとおじいちゃんに伝わってるさ。それがわからない人じゃない。それでも、おじいちゃんはいまの家を離れないって言ったんだ」

　おまえはよくやったよ。貴文が雄貴の肩を叩いてなぐさめる。

　これ以上、異論が出ようはずもなかった。絵美は沈痛にうなだれ、紗絵は眠そうに目をこすっている。

部屋へ戻ろう、と銀次郎は言おうとした。そしてよく眠り、明日の解散まで、旅行を楽しもうじゃないか——と。

「あの、ちょっといいですか」

だから、ここでまたしてもベルガールが口をはさんできたのは、完全に予想外だった。

「何かね。そうか、きみは雄貴に用事があるんだったな。さっさと済ませなさい」

銀次郎がつっけんどんに応じると、落合はどこか焦っているような、切実な様子で訴えた。

「いや、それもなんですけど……お客さま、いま一度冷静になって同居の件、考え直してみませんか。だって先ほどのお話、何だかおかしいですよ」

「何だと」銀次郎はぎろりと落合をにらんだ。ははぁ、こいつさっきおれたちの邪魔をしてしまったことにいまさら責任を感じ、どうにか取り返そうとしているな。

「おい、落合。お客さまのご家庭の問題に口を出すんじゃない」

若い男性従業員が青ざめて止めに入った。しかし落合はもう引き返せないと感じたようで、しどろもどろになりながらもまくし立てる。

「でも、変ですよ。猫を死なせてしまったから、おじいさんが孤独でいなきゃならない、なんて。おじいさんが孤独になったのは、奥さまを、家庭を顧みなかったからでしょう。猫を死なせたからじゃありません」

「……え？」

知らず声が、唇の隙間から転がり出た。

「息子さんが家を出て、孤独を感じ始めたところに、猫が来てなぐさめてくれたんですよね。そのあとで、奥さまに出ていかれたことによって孤独感が強くなり、そのぶんだけ猫の存在が大きくなった。なら、猫が死んでしまったのは残念だったけど、それで孤独になったわけじゃない。元の状態に戻っただけです。おじいさんがひとりでいることは、だから、猫に対する償いにはならない。出ていった奥さまに対する償いでしかないんですよ」

その意味を、誰もが測りかねていただろう。耳を貸すに値しないたわ言だと、切って捨てる勇気は銀次郎にはなかった。

おじいさん、と落合はまた呼んだ。彼女の魂胆がどこにあるにせよ、いまは従業員としてというより、ひとりの人間として語りかけているからなのかもしれなかった。

「どっちなんです、おじいさんがいまの家に執着しているのは。奥さまに対して申し訳なく思っているからですか？　それとも、猫のヨシノちゃんを死なせてしまったから？」

「房江のことは……もう知らん」

本心だった。かつての振る舞いを反省する気持ちはあるにせよ、貴文が言ったように、房江がいま幸せに暮らしているのであれば、そのことで自分を責めるのは空しい。し未練がましいだけだと思えた。

「なら、おじいさんがやるべきはヨシノちゃんを弔うことであって、孤独を嚙みしめることなんかじゃないと思うんですよ。あたしも詳しいことはよくわかりませんけど、いまのお話を聞いていて、そんな風に感じたんです」

「差し出がましいようですが……」

続けてあとを引き取ったのは、驚くべきことに、先ほどまでベルガールを黙らせようとばかりしていた若い男性従業員だった。

「死んだ猫を弔うということであれば、庭に埋まっている骨を掘り起こして、ペット霊園に納めるという方法もありますね。新しいお住まいの近くにペット霊園があれば、定期的にお参りできるのではないでしょうか」

銀次郎は、呆然と立ち尽くしていた。

ヨシノの死に、もう二十年近くもこだわってきた。それが義務であるかのように、家の庭と向き合い、孤独に耐えてきた。それをこいつらは、老いぼれの見当違いだと言うのか？

人生が、根底から揺るがされていた。わからない。おれはこれから、どんなことを感じながら生きていけばいいのか。ヨシノのことを忘れまいとしながらも、孤独な日々を捨て、幸せな余生を送ることが果たして許されるのか――。

「じいちゃん。その鍵は、持っておいてよ」

雄貴の言葉に、銀次郎はわれに返る。

「いますぐでなくてもいい。気が向いたら、うちへおいでよ。オレたちみんな、待ってるから」

銀次郎は、クリスマスプレゼントの合鍵を握りしめる。手に力がこもり、鍵が折れてしまうんじゃないかと思えるほどだった。

ゆっくりと一歩、二歩、エントランスのほうへ踏み出す。家族全員に、背を向ける格好になった。

「……なぁ、貴文」

振り返らずに、息子の名を呼ぶ。貴文は穏やかに、「何？」と訊き返した。

エントランスの自動ドアの向こうでは、知らぬ間に雪が降り出していた。心を洗うその色に、ヨシノの毛並みを思い出しながら、銀次郎は言った。

「千葉の海は、イカが釣れるのか」

背後ではっと息を呑む気配があった。

釣れるよ、父さんなら釣れるとも——答えた貴文の声は、かすかに震えているように聞こえた。

11

とっさに思いついただけの苦しい理屈だったが、何とか老人を同居の方向へ誘導できたらしい。これで邪魔をしてしまったことも不問に付されるはずだ。千代子はほっとし、冷や汗をぬぐった。

——とにかくみんな、笑顔になってくれてよかった。お客さまの笑顔が何よりのチップだから……なんて、今回ばかりは言ってる場合じゃなかったけど。

手嶋家ご一行がロビーを出ていこうとする。その中から、千代子は雄貴を呼び止めた。

「あの、これ」控え室の枕元に置かれていた、プレゼントの箱を見せる。「どうやって届けてくださったんです？」

「は？」

「照れなくたっていいんですよ。お気持ち、とってもうれしいです」

千代子はだらしない笑みを浮かべる。雄貴はまだ高校生だが、劇団に所属しているというのもうなずけるような、なかなかの男前だった。

ところが雄貴の困惑は、照れでも演技でもなさそうだった。

「何のことだかさっぱりわからないんだけど。そのプレゼントの贈り主を捜してるんだとしたら、オレじゃないですよ」

「え」今度は千代子が困惑する番だった。「でも、こんなメモが」

千代子はメモを広げてみせる。雄貴は一瞥しただけで興味を失ったようだった。

「とにかく、オレは関係ないです」

「じゃあ、お父さまかしら……」

エレベーターホールのほうに去りゆく雄貴の父親の背に、千代子は視線をくれる。

だが、雄貴はこれも否定した。

「ありえませんよ」

「でも、現に手嶋さまのお名前が……」

雄貴はやれやれとばかりにかぶりを振った。

「よく間違えられるけど、うちはテシマじゃありません。テジマなんです」

「え！」のけぞる千代子。

「これでわかったでしょう。確かにそのメモ、テシマって人が残したみたいだけど、うちの家族の誰であれ、テシマなんて名前を残すわけがないんですよ。じゃあ、オレもう行きますから」

千代子はこのメモを受け取ったあとで、宿泊客のデータなどを調べてテシマという客がいることを確かめたのではない。そこに、誤解があった――彼らの苗字は、テシマではなかったのだ。

テジマ家の人々がエレベーターの中に消えても、千代子はその場を動けずにいた。

「それじゃ、いったい誰がこれを……」

そのとき大原が、ふと何かに気づいて手を伸ばしてきた。

「ちょっといいかね、落合君。そのメモをもう一度見せてくれないか」

千代子はメモを差し出す。大原は左手でそれを受け取り、右手でたるんだあごのあたりを揉みながら、そこに書かれた文字の筆跡について述べた。

「ほかの字よりひと回り大きい《テ》……最後の一画が少し短い《シ》……逆に、最後の一画が妙に長い《マ》」

　なるほど、と大原はメモを千代子に返す。そして、脈絡もなくこんなことを言い出した。

「落合君、あれから二宮君の欠点は見つかったかい？」

「え……いえ、誰も教えてくれないから結局、わからずじまいですよ」

「ふむ。二宮君は、若いのに仕事ぶりは完璧だし、人柄も多くの同僚に好かれているようだが、私の知る限りひとつ、はっきりとした欠点があるのだよ」

「いい加減、教えてくださいよ。あたしをいじめるところ、ですか」

　二宮の反論待ちだった。が、彼はなおも沈黙している。

「いや、いじめてなんかいない」なぜか、大原が二宮の肩を持った。「あれはそうだな。たぶん小学生の男子が、同じクラスの女子にちょっかいかけるのと似たような意味だろう」

　まぁ、二宮君を落合君の教育係に任命したのはこの私なんだがね。大原はそう言って笑う。

　ますますわけがわからない。千代子は首をかしげた。

「……どういうことです？」

「二宮君はね、こう見えてすごく字が汚いのだよ。落合君はまだ一年目だから、もしかしたら彼の字を見たことがないのかもしれんが。彼も極力、人に自分の字を見せまいとしているようだしね。しかしGPホテル開業当初は、字のことで彼が同僚にからかわれるのを、しばしば見かけたものだった」

そうだったのか。ついに二宮の欠点を知ることができた千代子だったが、そうか、字が汚かったのか。せっかくわかったのに、インパクトがないというか何というか。正直、ちっとも弱みを握った感じがしない。

「意外ですね……で、それがいま、何か関係あるんですか」

「もう一度、その縦書きのメモをよく見てみたまえよ」

いったいぜんたい、何なのか。不承不承、千代子は言われたとおりにした。

オチアイチヨコさま、テシマ……テシマ？　いや違う、これはテシマじゃない――。

「あぁー！」

ロビーじゅうに、千代子の絶叫が響き渡った。

「《テシマ》じゃない！　これ、《ニノミヤ》だ……ニ、ノ、ミ、ヤ、っ、て、書、い、て、あ、る！」

字が汚すぎて、《テシマ》と読めてしまっただけだった。千代子もよく知る贈り主の名前が、初めからそこに堂々と記してあったのだ――ニノミヤ、と。

背中を丸めてこそこそ逃げ出そうとしていた二宮の肩に、千代子が手をかけて引き止めた。

「どこへ行こうっていうんです？」

「やめろ、離せ……まずその満面の笑みを引っ込めろ！　肩が潰れる、潰れるから……そんなに強い力でつかむなよ！」

千代子の手を振り払った二宮の顔は、サンタクロースの衣装みたいに真っ赤だった。

「か、勘違いするなよ。落合が最近、疲れてるみたいだったから、ちょっと元気づけてやるかって……本当に、ただそれだけだからな」

「ほぉー。それはそれは、お気遣いどうも」

千代子は腕を組み、完全に勝ち誇ったたたずまいである。

「それならそうと、何で早く名乗り出てくれなかったんですか。さすればこんな風に、ほかにいもしない贈り主を捜してホテルじゅうを動き回ることもなかったのに」

「落合がろくに考えもしないで騒ぎ立ててるから、名乗り出にくくなったんだろうが！もういっそのこと気づかれないまま済めばと思ってたのに、大原さん、よけいなことを……」

「私としては、落合君にプレゼントを渡しにくるようなファンなんていないということとが、何よりの吉報だったのだよ」

大原は上機嫌でお腹をぽんと叩いている。

千代子はプレゼントの包装を解き、箱を開けた。贈り主が二宮なら、もはや警戒する必要はない。

「これ……温泉の素《もと》？」

箱の中から出てきたのは、銀色の小袋に入った粉末の入浴剤だった。全部で五袋あり、ラベルには近くの温泉地の名が記されている。GPホテルでは扱っていないものの、明らかにこの界隈で売っている土産物の類だった。

「疲れに効くだろ。温泉の素」

「あ、なるほど……ありがとうございます」

何だろう、ちょっぴりがっかりしている自分がいる——と、千代子は思った。入浴剤がうれしくないわけではないが、先輩としての厚意なのか、それとも異性としての好意なのか、微妙なラインだ。

「温泉の素って……正気かね、二宮君」

だが、そこで大原が呆れた声を出した。

「えっ。何かまずかったですか」

うろたえる二宮を見ながら、千代子は考える。この人、もしかしてモテないのかな。見た目はなかなかで仕事もできるから、そんなイメージなかったんだけど。でも大原さんが指摘したように、女のあたしに対する接し方なんかまるで小学生みたいだし……。


大原は白けた目をしている。

「温泉の素なんて、落合君の裸が見たいと宣言しているようなものではないかね」

「やだ二宮さん、そんなこと考えてたんですか」わが身を抱く千代子。

「ち、違いますって！　そんなつもりじゃ」

「だとしても、だ」大原はコホンと咳払いをした。「何も入浴剤に頼らなくとも、温泉なら近くのホテルへ入りにいけばいいではないかね。さすがにうちのホテルじゃ、お客さんと鉢合わせになるおそれがあるから入らせることはできんが」

「いや、それは落合が仕事休めないから、やむなくってことで……」

言い返そうとした二宮に、大原がしっしと手を振った。

「今夜はもう遅いから、ほとんど仕事もないだろう。トラブルも解決したことだし、きみたちは帰りなさい」

千代子と二宮は、目を見合わせた。

「まだ勤務時間、残ってますよ」

「いいよ、もう。そのぶんはちゃんと働いたことにしておくから。きみたちの仲良しぶりを見せつけられたら、ほかの従業員の士気が下がるんだ。タクシーでも呼んで、さっさとどこかへ行きたまえ。この界隈には、一晩じゅう温泉を開けているホテルもある」

──大原さんって、こんな風に気を利かせてくれる人だっけ？　ただのやばい人かと思ってたけど……。

いやいや。千代子は考え直す。そうやって人を変えるのが、クリスマスという日なのだ。スクルージだってそうだったではないか。

「二宮さん！」

千代子は二宮の腕を取った。

「な、何だよ」

「せっかくだから、二人で温泉でも行っちゃいましょうよ。大原さんも、ああ言ってくれてることだし」

二宮はエントランスのほうを向き、頬をかいた。

「まぁ……落合がそう言うなら、オレは別にいいけど」

「あっ、でもお風呂は別々ですからね。一緒には入れませんよ」

「わかってるよ！」

千代子はふと、ツリーを見上げた。てっぺんで、黄色い星がまたたいている。

今日はたぶん、誰もが幸せになっていい日なのだ。だって、クリスマスだから。

人気俳優ほど、素敵な相手かはわからないけど……もしかしたら、今年のクリスマスはひと味違うかも！

「さ、荷物取りに行きましょう」

「わかったから、離せって。くっついてくるなよ」

エントランスの外で、降る雪がホテルの灯火に照らされて銀色に輝いているのが見える。千代子は大きく息を吸い、思いきり叫びたくなった。

崖っぷちホテルよ、われわれを祝福したまえ――われわれすべての人間を！

メリークリスマス。十二月二十五日の幸福が、世界じゅうを包み込もうとしていた。

舞台裏

「……まったく、世話の焼ける」

ＧＰホテルのエントランスにて、タクシーのライトが遠ざかっていくのを見送りながら、大原俊郎は独り言をつぶやいた。

――ここまで来るのに、八ヶ月もかかるとは。

今年の四月、入社式の日。大原の隣に立っていた二宮宏人の口からこんな言葉が飛び出したときは、耳を疑った。

――手前から三番目の、ちょっとかわいい感じの。

それは何も、二宮がそう表現した落合千代子のことを、大原はちっともかわいいと思えなかったから、ではない。二宮が異性のことを好意的に表現したのが、この五年で初めてのことだったからだ。

五年前、大原は他のホテルから転職という形で、開業を迎えたＧＰホテルで働き始めた。

二宮は当時、専門学校を出たての新人でありながら、一年目から手際よく仕事をこなし、その働きぶりはしばしば称賛の的となった。本人が平然とそれを受け流し、何ら特別なことだと思っていないようだったのが、なおさら周囲の度肝を抜いた。字が汚いなどという取るに足りないことをことさらにからかわれたのも、ほかに欠点がさっぱり見当たらなかったからで、いくらかの嫉妬も込みだったのである。ただ、それが本格的な敵意に変じてしまうところまでいかなかったのは、二宮が有能であることを鼻にかけすぎず、同僚ともうまく付き合っていたからだった。

見てくれがいい。仕事もできる。しかも、敵を作らない。そんな二宮が、職場においても私生活においても、異性に好かれないはずはない——と、大原は思っていた。ところが案に相違し、この五年間、二宮には女の影がただの一度もちらつかなかった。

何しろ異性に興味を示さないのである。職場の男どうしで女関係の話になったときも、彼だけはまったく会話の輪に加わろうとしなかった。あまりにそんなことが続くので、最近では大原は、彼は異性愛者ではないのだろうと認識していたほどだ。

その二宮が、入社式で落合千代子のことを、《かわいい》と言ったのだ。大原はそれにたいそう驚いて、一パーセント程度の親心的なものと、残り九十九パーセントの興味本位で、二宮を落合の教育係に任命した。二人を絡ませておけばそのうちくっつくのではないか、と考えたのだ。

しかし、そこからが長かった。落合に対する二宮の接し方は、まさしく同じクラスの女子にちょっかいを出す男子小学生のそれで、そばで見守りながら何度も目を覆った。しょうがないので大原は、家庭持ちであり人生の先輩である自分が、彼らのために一肌脱いでやろうという気になったのだ。

といっても難しいことをしたわけではない。大原はただ、二人が勤務中でも接触する機会をさりげなく増やしつつ、彼らの前で道化を演じてみせただけである。すると二人は大原を、ある種の《共通の敵》とみなしてくれるはずだ。そうして三人で行動することで、共通の敵を持った二人の絆《きずな》は強まり、あとは元々落合に好意を持っていた二宮がはたらきかければ、二人は自然な流れでくっつくだろう。

ある意味では、目論見どおりになったともいえる。だが、それにしても八ヶ月は長かった。おかげで初めのころは演技だった道化が、いつの間にか板についてしまって困った。だがそれも、今日で報われたというものだ。

——さて、と。大原は両手を、砂を払うようにパンパンと打った。

「仕事、仕事。二人が抜けたぶんの穴を、私がしっかり埋めてやらないとな」

きびすを返し、フロントのほうへ戻っていく。その途中、一度だけ振り返って、深夜の崖の上に祈りを飛ばした。

——崖っぷちホテルで出会った若き二人に、幸あれ。

終幕

「……と、いうことにしてくれんかね」

大原が声を潜めて語ったことを、千代子はげっそりした気持ちで切って捨てた。

「何ですか、それ。嫌ですよ、あたしと二宮さんがくっついたのは大原さんの八ヶ月にも及ぶ粋な計らいのおかげだった、なんてでたらめを、かわいい新入社員たちに吹《ふい》聴《ちょう》するなんて」

四月。一年前と同じ入社式の会場に、千代子は先輩社員として立っていた。

前方の壇上では昨年に引き続き社長が、眠気を誘う口調で長話をしている。ただし、その言葉の内容は、紋切り型だった昨年と違って具体的で明るい。昨年度はこのホテルがついに《崖っぷち》状態を脱し、いままさに業績が上向いているところだからだ。

昨年度、GPホテルの客がじわじわと増加したことについては、でたらめな噂を流すという大原の冗談みたいな作戦も、少なからず貢献していた。だが、当の大原はそんなことはまったく気にしておらず、ただ今年も新人を迎えるにあたって、また別のでたらめを吹き込もうとしているらしい。

大原は千代子のすぐ隣で、すねる子供のように口をとがらせている。

「いいではないかね。私だって二宮君のように、後輩に慕われたいんだよ。ナメられてばかりじゃなくて」

この人、ナメられてることには気づいてたんだな、と千代子は思った。ナメていたのは自分たちのほうだけど、本人の人格に問題があるせいなので胸は痛まなかった。

「二宮さんは、しっかり仕事してるから、後輩からも慕われるんです。ああなりたかったら、大原さんも真面目に仕事してください」

「それを、きみが言うのかね。去年、あれだけいろいろやらかしたきみが」

「……すみませんでした」

ぐうの音も出ない。

「だいたい、あれからも二宮さん二宮さんって、妙によそよそしいではないかね。きみたち、結局あれからどうなったんだ？」

「それは、秘密です」

「私、きみたちのキューピッドなんだよ？　クリスマスに仕事上がっていいって言ったの、私だよ？　いい加減、どうなったのかくらい教えてくれてもよくない？　もう三ヶ月以上経つんだよ？」

「察してください。それに、あたしと二宮さんがプライベートでどんな関係であろうと、職場では二宮さんは先輩ですから。敬意を払うのは当然です」

「――これをもって、新入社員への祝辞並びに激励の言葉とさせていただく。諸君の活躍に期待しています。以上」

大原を冷たくあしらっていると、社長の話が終わった。新入社員は席を立ち、ホールから退出する流れとなる。

去年はあたし、ここですっ転んだんだったな。そんなことを思いながら千代子が、去年の倍近くも増えた新入社員の列をながめている、と――。

その光景を、千代子は目撃したはずもないのに、デジャブのような感覚が起こった。新入社員のひとりが――式の最中もとりわけ緊張しているようだった女性が、退場の途中ですっ転んでしまったのだ。

たまらず千代子は、その新人のもとへ駆け寄り、腰をかがめて手を差し伸べた。痛みに顔をゆがめながらゆっくり上半身を起こした新人は、千代子の顔を見て目を丸くする。

「あなたは、美人すぎるベルガールの……」

千代子は正直、ちょっと恥ずかしかった。世間からはとっくに忘れ去られた呼称である。ただ、就職するほどGPホテルに関心を持った人ならば、憶えていても不思議ではない。

「大丈夫？　ケガはない？」

声をかけると、新人はいきなり涙目になる。

「わたし、ちっちゃいころから何をやってもだめで……就職試験はたまたま受かったけど、こんな人気のホテルで自分がちゃんと働けるのか、不安で仕方ないんです」

やっと業績が上向いてきたってだけで、GPホテルは別にそこまで人気じゃないよ、と千代子は思った。

「先輩みたいな立派なベルガールになれる自信が、わたしにはなくて」

週刊誌に大手柄って書いてあったから勘違いしてるのかもしれないけど、あたし全然立派なベルガールじゃないよ、と千代子は思った。

「こんなわたしでも、このホテルでうまくやっていけますか……？」

下のまぶたに涙をいっぱい溜めた新人の手を、千代子はにぎった。

「心配しないでいいよ。すぐにこの仕事が、楽しくてたまらなくなると思う」

社長や大原、それにたくさんの先輩社員や新人が見守る中で、千代子はにっこり笑ってみせた。

「あなたが一所懸命働けば、きっとお客さまが笑顔になってくれる——お客さまの笑顔が、何よりのチップだから」

すると、どこからともなく。

拍手が沸き起こる。

初めはひとり。続けて二人、三人。やがて、入社式の会場となったホール全体を満たすように、数えきれないくらいたくさんの社員がにこやかに手を叩き始める。

割れんばかりの拍手に包まれて、千代子と新人は立ち上がる。

あたりをぐるりと見回しながら、千代子は思った。

——あたしってば、史上最高のベルガールかも！

千葉県東部、太平洋沿岸の崖の上に建つグランド・パシフィック・ホテル、通称GPホテル。

開業当初は経営状態の厳しさから《崖っぷちホテル》とまで揶揄されたこのホテルも、六年が経ち、ようやく業績が上向いた。利用したことのある客からはしばしば、このような声が聞かれたそうである。

「……別に、何てことのない、至って普通のホテルだよ。アクセスは悪いしサービスも並、わざわざ訪れるほどの価値のある施設もなし。——ただ、どういうわけかあのホテルにいると、自分でも意識しないうちに笑ってるんだよね」

本書は「PONTOON」(2015年11月号・2016年2月号・5月号・8月号)連載の「GPホテルの崖っぷちな人々」に加筆・修正し改題した文庫オリジナルです。

幻冬舎文庫

●好評既刊
白銀の逃亡者
知念実希人

救急救命医の岬純也のもとに、白銀の瞳をもつ美少女・悠が現れる。致死率95%の奇病から生還した「ヴァリアント」である悠は、反政府組織が企む「ある計画」を純也に明かすのだが――。

●好評既刊
不機嫌なコルドニエ
靴職人のオーダーメイド謎解き日誌
成田名璃子

横浜・元町の古びた靴修理店「コルドニエ・アマノ」の店主・天野健吾のもとには、奇妙な依頼ばかりが舞い込んでくる。天野は「靴の声」を聞きながら顧客が抱えた悩みも解きほぐしていく。

●好評既刊
なくし物をお探しの方は二番線へ
鉄道員・夏目壮太の奮闘
二宮敦人

〝駅の名探偵〟と呼ばれる駅員・夏目壮太のもとに、ホームレスが駆け込んできた。深夜、駅で交流していた運転士の自殺を止めてくれというのだが、その運転士を知る駅員は誰もいない――。

●好評既刊
昨日の君は、僕だけの君だった
藤石波矢

佐奈は、泰貴にとって初めての彼女。だが、彼女には他に二人の彼氏が！「三人で私をシェアして」という条件でスタートした異常な関係の裏には、それぞれの「切なさ」が隠されていた――。

●好評既刊
リケイ文芸同盟
向井湘吾

超理系人間の蒼太が、なぜか文芸編集部に異動になって。企画会議や〆切りなど、全てが曖昧な世界に苛立ちを隠せない蒼太はベストセラーを出せるのか。新人編集者の日常を描いたお仕事小説。

新米《しんまい》ベルガールの事件録《じけんろく》

〜チェックインは謎《なぞ》のにおい〜

岡崎琢磨《おかざきたくま》

平成28年11月25日　初版発行

発行人――石原正康
編集人――袖山満一子
発行所――株式会社幻冬舎
〒151-0051東京都渋谷区千駄ヶ谷4-9-7
電話　03(5411)6222(営業)
03(5411)6211(編集)
振替00120-8-767643
印刷・製本―図書印刷株式会社
装丁者――高橋雅之

幻冬舎文庫

ISBN978-4-344-42543-9　C0193　お-49-1